O SORRISO
DAS ESTRELAS

NICHOLAS SPARKS

O SORRISO DAS ESTRELAS

Tradução de Saul Barata

EDITORIAL PRESENÇA

FICHA TÉCNICA

Título original: *Nights in Rodanthe*
Autor: *Nicholas Sparks*

Tradução: *Saul Barata*
Imagem da capa gentilmente cedida por Columbia Tristar Warner, Filmes de Portugal Limitada
Fotocomposição, impressão e acabamento: *Multitipo — Artes Gráficas, Lda.*
1.ª edição, Lisboa, Novembro, 2002
2.ª edição, Lisboa, Novembro, 2002
3.ª edição, Lisboa, Novembro, 2002
4.ª edição, Lisboa, Dezembro, 2002
5.ª edição, Lisboa, Dezembro, 2002
6.ª edição, Lisboa, Fevereiro, 2003
7.ª edição, Lisboa, Março, 2003
8.ª edição, Lisboa, Abril, 2003
9.ª edição, Lisboa, Julho, 2003
10.ª edição, Lisboa, Setembro, 2003
11.ª edição, Lisboa, Outubro, 2003
12.ª edição, Lisboa, Fevereiro, 2004
13.ª edição, Lisboa, Maio, 2004
14.ª edição, Lisboa, Agosto, 2004
15.ª edição, Lisboa, Outubro, 2004
16.ª edição, Lisboa, Dezembro, 2004
17.ª edição, Lisboa, Fevereiro, 2005
18.ª edição, Lisboa, Julho, 2005
19.ª edição, Lisboa, Setembro, 2005
20.ª edição, Lisboa, Dezembro, 2005
21.ª edição, Lisboa, Abril, 2006
22.ª edição, Lisboa, Agosto, 2006
23.ª edição, Lisboa, Novembro, 2006
24.ª edição, Lisboa, Dezembro, 2006
25.ª edição, Lisboa, Julho, 2007
26.ª edição, Lisboa, Novembro, 2007
27.ª edição, Lisboa, Abril, 2008
28.ª edição, Lisboa, Novembro, 2008
29.ª edição, Lisboa, Novembro, 2008
30.ª edição, Lisboa, Novembro, 2008
31.ª edição, Lisboa, Dezembro, 2008
32.ª edição, Lisboa, Dezembro, 2008
33.ª edição, Lisboa, Dezembro, 2008
34.ª edição, Lisboa, Dezembro, 2008
35.ª edição, Lisboa, Dezembro, 2008
36.ª edição, Lisboa, Janeiro, 2009
37.ª edição, Lisboa, Janeiro, 2009
Depósito legal n.º 287 949/09

EDITORIAL PRESENÇA
Estrada das Palmeiras, 59
Queluz de Baixo
2730-132 BARCARENA
Email: info@presenca.pt
Internet: http://www.presenca.pt

Para Landon, Lexie e Savannah

AGRADECIMENTOS

O Sorriso das Estrelas, como acontece com todos os meus romances, não poderia ter sido escrito sem a paciência, o amor e o apoio da minha mulher Cathy. A única coisa que posso dizer, é que ela, a cada ano, fica mais bonita.

Uma vez que este livro é dedicado aos meus outros três filhos, tenho que agradecer tanto a Miles como a Ryan (a quem foi dedicado *As Palavras Que nunca Te Direi*). Gosto muito de vocês, miúdos!

Gostaria de agradecer também a Theresa Park e Jamie Raab, respectivamente a minha agente e a minha editora de texto. Não só são ambas dotadas de magníficos instintos, como nunca me deixam «derrapar» no que diz respeito à minha escrita. Embora eu por vezes me queixe dos desafios que ela me põe, o produto final é o que é graças a estas duas pessoas. Se elas gostarem de uma história, existem fortes probabilidades de que vocês, leitores, também irão gostar dela.

Larry Kirshbaum e Maureeen Egen da Warner Books são igualmente merecedores da minha gratidão. Quando vou a New York, passar uns tempos com eles, sinto-me como em família. Fizeram da Warner Books um lar maravilhoso para mim.

Denise Di Novi, a produtora de tanto *As Palavras Que nunca Te Direi* e *Um Momento Inesquecível* é não só eficiente naquilo que faz como alguém em quem confio e que respeito. É uma boa amiga e merece toda a minha gratidão por tudo o que tem feito — e continua a fazer — por mim.

Richard Green e Howie Sanders, os meus agentes em Hollywood, são grandes amigos, grandes homens e grandes naquilo que fazem. Obrigado, rapazes!

Scott Schwimer, meu advogado e amigo, está sempre atento para que tudo corra bem. Obrigado!

Na publicidade, tenho que agradecer a Jennifer Romanello, Emi Battaglia, e Edna Farley; a Flag e restante equipa gráfica responsável pelas capas; Courtnay Valenti e Lorenzo De Bonaventura da Warner Bros.; Hunt Lowry e Ed Gaylord II, da Gaylord Films; Mark Johnson e Lynn Harris da New Line Cinema; foi uma grande experiência trabalhar com eles. Obrigado a todos!

Mandy Moore e Shane West foram ambas extraordinárias em *Um Momento Inesquecível*, e admiro o seu entusiasmo pelo projecto.

E há ainda todos aqueles meus familiares (que se calhar nem quereriam ver os seus nomes aqui expostos): Micah, Cristine, Alli, e Peyton; Bob, Debbie, Cody, e Cole; Mike e Parnell; Henrietta, Charles e Glenara; Duke e Marge; Dianne e John; Monte e Gail; Dan e Sandy; Jack, Carlin, Joe, Elaine, e Mark; Michelle e Lemont; Paul, John, e Caroline; Tim, Joannie, e Papa Paul.

E, claro, como poderia esquecer Paul e Adrienne?

UM

Três anos antes, numa manhã quente de Novembro de 1999, Adrienne Willis tinha voltado à estalagem e percebera que, pelo menos à primeira vista, o lugar se tinha mantido sem alteração, como se aquela pequena construção fosse imune aos efeitos do sol, das areias e da humidade salina. O alpendre estava pintado de fresco e as janelas de ambos os pisos, com as suas cortinas brancas, eram emolduradas por caixilhos pintados de preto brilhante, pelo que o conjunto parecia imitar o teclado de um piano. As paredes laterais eram da cor da neve suja. De ambos os lados da construção abundava a aveia silvestre, cujos caules pareciam dobrar-se em saudações constantes, e a areia formava uma duna que ia mudando imperceptivelmente de forma graças aos grãos que o vento fazia deslocar de uns pontos para os outros em cada dia que passava.

Com os raios de sol a penetrarem por entre as nuvens, o ar apresentava um aspecto luminoso, como se, por momentos, as partículas de luz tivessem ficado suspensas na neblina, fazendo Adrienne sentir-se regressada a uma época anterior da sua vida. Porém, olhando mais de perto, verificou que os trabalhos de manutenção não conseguiam esconder totalmente as alterações: as zonas apodrecidas nos cantos das janelas, as marcas de ferrugem ao longo do telhado, as manchas de humidade junto dos algerozes. Parecera-lhe que a estalagem estava a encolher e, embora reconhecendo não poder fazer nada para o evitar, Adrienne lembrara-se de fechar os olhos, como se por um qualquer passe de mágica ela conseguisse que o edifício voltasse a ser como fora antes.

Agora, poucos meses depois de ter entrado na sexta década da vida, encontrava-se de pé na cozinha da sua própria casa, a pousar o auscultador do telefone, depois de ter falado com a filha. Sentou-se à mesa da cozinha, a reflectir na última visita que fizera à estalagem, a recordar-se do longo fim-de-semana que uma vez lá tinha passado. Apesar de tudo o que acontecera nos anos decorridos desde então, Adrienne continuava agarrada à ideia de que o amor era a condição essencial de uma vida cheia e maravilhosa.

Estava a chover. Ficou a ouvir o bater agradável dos pingos de encontro à vidraça, satisfeita por experimentar aquela ideia perene de intimidade. Recordar aqueles dias provocava-lhe sempre uma mistura de sentimentos, algo parecido, mas impossível de descrever exactamente, com nostalgia. Muitas vezes, a nostalgia é envolvida por uma aura de romantismo; mas, quanto a estas suas memórias, não via razão para as tornar mais românticas do que já eram. Nem aquelas eram memórias que partilhasse com qualquer outra pessoa. Pertenciam-lhe por inteiro, e com a passagem dos anos, começou a encará-las como uma espécie de peças de museu, de um museu de que ela era a conservadora e também a única patrona. E, que coisa esquisita, Adrienne acabara por acreditar que tinha aprendido mais durante aqueles cinco dias do que em todos os anos decorridos, antes ou depois.

Vivia sozinha naquela casa. Os filhos estavam criados, o pai morrera em 1996 e havia dezassete anos que se divorciara do Jack. Embora os filhos insistissem para que ela encontrasse alguém para a acompanhar durante o resto da vida, Adrienne não sentia desejos de o fazer. Não que estivesse de pé atrás em relação aos homens; pelo contrário, mesmo agora, muitas vezes sentia o olhar dirigir-se para homens mais jovens com quem se cruzava no supermercado. Como era frequente que fossem apenas uns anos mais velhos do que os seus próprios filhos, punha-se a imaginar o que eles pensariam se notassem que ela os estava a admirar. Nem se dignariam, talvez, notar a sua presença? Ou retribuiriam o sorriso, encantados com o interesse dela? Não fazia ideia. Nem sabia se seria possível que eles olhassem para além do cabelo que estava a ficar branco e das rugas, para procurarem a mulher que ela já fora.

Não que lamentasse estar a ficar velha. As pessoas de agora falam sem cessar dos esplendores da juventude, mas Adrienne não sentia desejos de voltar a ser jovem. De meia-idade, talvez, mas não jovem. É certo que reconhecia algumas deficiências: já não pulava pelas escadas, não carregava mais de um saco de compras de cada vez, faltava-lhe a energia para acompanhar os folguedos dos netos, mas não se importava, porque de bom grado trocava tais coisas por certas experiências que tinha vivido e estas só acontecem com o evoluir da idade. Chegada a esta altura, o que a fazia adormecer e acordar com normalidade era a certeza de que, olhando a sua vida passada, não encontrava nela muita coisa que devesse ter sido feita de outro modo.

Além do mais, a juventude tem os seus problemas próprios. E recordava-os da sua própria vida, além de os observar nos filhos à medida que eles lutavam com as angústias da adolescência e a incerteza e o caos dos primeiros anos da idade adulta. Embora dois deles já tivessem entrado na casa dos trinta e outro estivesse quase a atingi-la, Adrienne perguntava-se com frequência se o ofício de mãe alguma vez deixaria de ser um emprego a tempo inteiro.

Matt tinha 32 anos, Amanda tinha 31 e Dan acabava de fazer 29. O facto de todos terem frequentado a universidade enchia-a de orgulho, pois houvera uma altura em que não tinha a certeza de que qualquer deles viesse alguma fez a formar-se. Os filhos eram honestos, amáveis e auto-suficientes. Matt trabalhava como técnico de contas, Dan era jornalista desportivo no noticiário da noite de Greenville; ambos eram casados e pais de filhos. Quando se tinham juntado no Dia de Acção de Graças, ficara a observar a forma como eles tratavam dos rebentos, sentindo uma imensa satisfação pela forma como os seus filhos tinham entrado na vida.

Como sempre, as coisas eram um pouco mais complicadas quando se tratava da filha.

Jack tinha saído de casa quando os miúdos se encontravam no início da adolescência e cada um dos filhos tinha encontrado a sua maneira pessoal de encarar o divórcio dos pais. Matt e Dan tinham descarregado a sua agressividade nas pistas de atletismo e, por vezes, como actores do teatro escolar, mas Amanda fora a mais afectada. Sendo a segunda filha, apertada entre os dois irmãos, sempre se revelara a mais sensível e, como adolescente, sentiu muito a falta do pai em casa, quando mais não fosse para a distrair da preocupação sentida nos olhares que a mãe lhe lançava. Começou a usar roupas que Adrienne considerava trapos, a andar com um grupo que ficava fora de casa até tarde e num ou dois dos anos seguintes confessou-se profundamente apaixonada por uma dúzia de rapazes, pelo menos. Regressada da escola, ficava horas fechada no quarto a ouvir música que fazia vibrar as paredes, ignorando os chamamentos da mãe para que viesse jantar. Passou por períodos em que, durante dias seguidos, mal falava à mãe ou aos irmãos.

Foram precisos alguns anos, mas a Amanda acabou por encontrar o seu caminho, escolhendo uma maneira de estar estranhamente parecida com a que Adrienne vivera durante uma parte da vida. Conheceu o Brent na faculdade, casaram-se depois de formados e tiveram dois filhos nos primeiros anos do matrimónio. Como acontece com muitos casais jovens, passaram por dificuldades financeiras, mas Brent era acautelado, como Jack nunca conseguira ser. Por precaução, subscreveu uma apólice de seguro logo que lhes nasceu o primeiro filho, mesmo que nenhum deles pensasse que viria a precisar dela por muitos e muitos anos.

Estavam enganados.

Brent havia partido havia oito meses, vítima de um tipo especialmente virulento de cancro dos testículos. Adrienne viu a filha afundar-se numa violenta depressão e na tarde do dia anterior, quando foi levar os netos depois de os ter consigo durante algum tempo, verificou que as cortinas da casa da filha estavam corridas, que a luz do alpendre ficara acesa e que Amanda estava sentada na sala, de robe e com aquela expressão vazia que tinha mostrado no dia do funeral.

Foi então, ali na sala de estar de Amanda, que Adrienne sentiu chegada a altura de falar à filha do seu próprio passado.

* * *

Tudo tinha acontecido catorze anos antes.

Durante todos aqueles anos, Adrienne só contara a uma pessoa aquilo que tinha acontecido, mas o pai levara o segredo para a sepultura, incapaz de o contar fosse a quem fosse, mesmo que o tentasse.

A sua mãe morrera quando Adrienne tinha 35 anos e, embora a mãe e a filha mantivessem um bom relacionamento, esta sempre se sentira mais chegada ao pai. Ele fora, continuava a pensá-lo, um dos dois homens que a compreendera verdadeiramente e fazia-lhe muita falta, agora que tinha partido. A vida do pai pouco se distinguia da de muitos dos homens da sua geração. Tinha aprendido um ofício, não pudera frequentar a universidade e passara quarenta anos a trabalhar numa fábrica de mobiliário, recebendo à semana um salário que aumentava apenas uns patacos em cada mês de Janeiro. Usava chapéu de feltro mesmo nos meses quentes de Verão, levava o almoço numa lancheira com dobradiças que chiavam e saía apressadamente de casa às 6h 45 de cada manhã, para percorrer a pé mais de dois quilómetros até à fábrica.

À noite, depois do jantar, vestia um casaco de malha e camisas de mangas compridas. As calças amarrotadas davam-lhe um certo ar de desalinho que se tornou mais pronunciado à medida que os anos foram passando, em especial depois da morte da mulher. Gostava de se instalar na cadeira de repouso, ao lado da lâmpada de luz amarela, a ler romances do Oeste e livros acerca da Segunda Guerra Mundial. Nos últimos anos de vida, antes dos derrames, os óculos antiquados, as sobrancelhas espessas e o rosto com rugas profundas faziam-no parecer-se mais com um professor universitário jubilado do que com o operário que tinha sido.

O ambiente à volta do pai revelava uma quietude que ela sempre desejou imitar. Muitas vezes, a filha pensava que ele poderia ter sido um bom padre, um pregador, e as pessoas que falavam com ele pela primeira vez ficavam quase sempre com a impressão de que aquele homem estava em paz consigo e com o resto do mundo. Era um ouvinte soberbo; com o queixo apoiado na mão, nunca tirava os olhos da pessoa que falava, sempre com uma expressão que revelava empatia e paciência, humor e tristeza. Adrienne bem gostaria que ele estivesse ali de momento, pronto a ajudar a Amanda; ele também perdera a companheira e certamente Amanda estaria disposta a ouvi-lo, mesmo que fosse só por ter a consciência de que o avô sabia avaliar a verdadeira dimensão do seu pesar.

Um mês antes, quando Adrienne tentara ser amável e levar a filha a falar da situação em que se encontrava, Amanda tinha-se levantado da mesa e abanara a cabeça para mostrar que não estava interessada na conversa.

— Isto não tem nada a ver com o que se passou entre ti e o pai — afirmou. — Divorciaram-se por não terem conseguido resolver os vossos problemas. Mas eu amava o Brent. Nunca deixarei de o amar, mas perdi-o. Não fazes ideia do que é viver uma situação como esta.

Na altura, Adrienne não disse nada, mas depois de Amanda ter saído da sala, a mãe inclinou a cabeça e sussurrou uma simples palavra.

Rodanthe.

* * *

Para além da enorme simpatia que a situação da filha lhe despertava, Adrienne estava preocupada com os netos. Eram dois — Max de seis anos, Greg com quatro — e durante os últimos oito meses Adrienne vinha a reparar nas mudanças notórias na personalidade de cada um. Ao contrário do que lhes era habitual, tinham-se tornado retraídos e sossegados. Nenhum jogara futebol durante o Outono e embora Max estivesse a sair-se bem na escola pré-primária, todas as manhãs chorava por não querer ir. Greg recomeçara a molhar a cama e tinha acessos de mau humor pelos motivos mais insignificantes. Adrienne sabia que algumas das mudanças eram consequência da falta do pai, mas não deixavam também de reflectir a pessoa que Amanda se tinha tornado a partir da Primavera anterior.

Graças ao seguro de vida, Amanda não tinha necessidade de trabalhar. Mesmo assim, nos primeiros meses a seguir à morte de Brent, Adrienne passou quase todo o seu tempo em casa da filha, a pôr as contas em ordem e a preparar as refeições das crianças, enquanto Amanda se encerrava no quarto a chorar. Deu-lhe apoio sempre que ela precisou dele, ouviu-a quando quis falar e obrigou a filha a passar pelo menos duas horas diárias fora de casa, na esperança de que o ar livre pudesse fazer-lhe entender que também ela, Amanda, tinha direito a começar uma nova vida.

Adrienne pensou que a filha estava a melhorar. No começo do Verão, Amanda tinha recomeçado a sorrir, raramente, a princípio, com mais frequência, depois. Empreendeu algumas visitas à cidade, acompanhou os miúdos à patinagem, o que levou Adrienne a começar, pouco a pouco, a libertar-se das obrigações que tinha assumido. Era importante, disso não tinha dúvidas, que Amanda voltasse a responsabilizar-se pela sua própria vida. Adrienne tinha aprendido que as tarefas rotineiras do dia-a-dia também servem de conforto; esperava que diminuindo a sua presença na vida da filha, Amanda se visse compelida a perceber essa mesma realidade.

Contudo, em Agosto, no dia em que comemorariam o sétimo aniversário do casamento, Amanda abriu o guarda-fatos do quarto de casal, viu o pó acumulado nos ombros dos casacos do Brent e, subitamente, as melhorias de comportamento acabaram. Não que tivesse voltado atrás — continuou a ter momentos em que era igual a si mesma — mas, na maioria dos casos, parecia tolhida num mundo de indecisão. Não se sentia deprimida nem alegre; nem excitada nem lânguida, nem interessada nem aborrecida acerca das coisas que a rodeavam. Para a mãe, era como se Amanda se tivesse convencido de que continuar a viver era de alguma maneira atraiçoar a memória do marido; decidiu que não deixaria que tal acontecesse.

Era uma situação injusta para as crianças. Os filhos precisavam que ela os guiasse, careciam do amor e da atenção da mãe. Precisavam de lhe dizer que estava tudo bem com eles. Já tinham perdido um dos pais, o que era suficiente no capítulo das desgraças. Porém, Adrienne não conseguia deixar de pensar que os netos enfrentavam um risco ainda mais sério: o de perderem igualmente a mãe.

* * *

De pé, no ambiente agradável da sua cozinha fracamente iluminada, Adrienne verificou as horas. A seu pedido, Dan tinha levado o Max e o Greg ao cinema, de modo a permitir que Adrienne passasse a tarde com a Amanda. Tal como ela, os dois filhos estavam preocupados com os miúdos de Amanda. Não se limitavam a envidar todos os esforços para terem um papel activo na vida dos rapazes, pois, para além disso, desde há muito que todas as suas conversas com Adrienne começavam e terminavam com a mesma pergunta: *O que é que devemos fazer?*

Naquele mesmo dia, quando Dan voltara a fazer a mesma pergunta, a mãe tinha-lhe assegurado que iria falar com Amanda. Embora Dan se mostrasse céptico — quantas vezes é que já tinham tentado fazê-lo? — ela sabia que naquela noite tudo iria ser diferente.

Adrienne alimentava poucas ilusões acerca do que os filhos pensavam dela. Era óbvio que a amavam e respeitavam como mãe, mas também sabia que eles nunca chegariam a *conhecê-la* perfeitamente. Aos olhos dos filhos, era uma pessoa simpática mas previsível, amorosa e estável, uma boa alma vinda de outra era, que conseguira abrir caminho na vida com as suas ideias ingénuas acerca da integridade das pessoas. É certo que mostrava os sinais da idade — os nós dos dedos das mãos começavam a destacar-se, a sua figura assemelhava-se mais a um quadrado do que a uma ampulheta, as lentes tinham ficado mais espessas com o passar dos anos — mas, por vezes, mal conseguia conter o riso, quando os via a olhar para ela com expressões destinadas a levantar-lhe o moral.

O erro dos filhos derivava, em parte, do desejo de a verem de certa maneira, de a adaptarem a uma imagem que tinham construído e que consideravam aceitável para uma mulher da idade da mãe. Era mais fácil — e francamente mais cómodo — pensarem que a mãe era mais calma do que audaciosa, uma pessoa laboriosa e não dotada de capacidades que os pudessem surpreender. E, para se manter fiel ao estereótipo, tinha-se tornado uma mãe previsível, simpática e estável, que nem sequer tentava que os filhos a vissem a uma luz diferente.

Sabendo que Amanda podia chegar a qualquer momento, foi ao frigorífico o tirou uma garrafa de *Pinot Grigio*, que colocou em cima da mesa da cozinha. A casa tinha arrefecido com o aproximar da noite, pelo que, a caminho do quarto, ligou o termóstato.

Era o quarto que tinha partilhado com Jack, cuja decoração já fora modificada por duas vezes desde o divórcio. Encaminhou-se para a cama de dossel que fora o seu sonho desde menina. Encostada à parede, por debaixo da cama, havia uma pequena caixa, que Adrienne colocou ao seu lado, sobre a almofada.

Continha uma série de coisas que tinha guardado: o bilhete que lhe tinha deixado na estalagem, uma fotografia dele tirada na clínica e a carta que recebera umas semanas antes do Natal. Por debaixo, havia dois maços de cartas trocadas entre ambos, no meio dos quais ainda estava um búzio que tinham apanhado durante um passeio pela praia.

Adrienne pôs de lado o bilhete e tirou um sobrescrito de um dos maços, a recordar-se do que sentira quando o lera pela primeira vez, e retirou de lá uma folha de carta. O papel parecia mais fino e quebradiço, e embora a tinta tivesse desmaiado desde a altura em que a carta fora escrita, as palavras estavam ainda bem legíveis:

«Querida Adrienne,

Como nunca fui bom a escrever cartas, espero que me perdoes se não conseguir exprimir-me com a clareza desejada.

Acredites ou não, cheguei esta manhã, montado num burro, e tomei contacto com o lugar onde vou passar uns tempos. Bem gostaria de poder dizer-te que o lugar é melhor do que eu tinha imaginado mas, muito honestamente, não posso. A clínica tem carências, praticamente de tudo: de remédios, de equipamento e até de camas, mas falei com o director e julgo que terei possibilidades de resolver alguns dos problemas, não todos. Embora disponham de um gerador para produzir electricidade, não existem telefones, pelo que não poderei falar contigo até que me dirija para Esmeraldas. Fica a uns dias de viagem a cavalo e o próximo abastecimento só chegará aqui dentro de algumas semanas. Lamento, mas penso que ambos suspeitámos de que as coisas se passariam assim.

Ainda não vi o Mark. Está numa clínica afastada, nas montanhas, e só estará de regresso logo à noite. Conto informar-te do que se passar mas, pelo menos de princípio, não alimento grandes esperanças. Como disseste, julgo que antes de resolvermos os problemas que existem entre mim e ele teremos de fazer um esforço para nos conhecermos melhor.

Ainda nem me dei ao trabalho de verificar quantos doentes vi hoje. Quero crer que foram mais de uma centena. Há muito que não observava doentes desta forma, com estes tipos de doenças, mas a enfermeira nunca deixou de me ajudar, mesmo nas alturas em que eu parecia perdido. Acho que se sentia grata só pelo facto de eu estar aqui.

Desde a partida, nunca mais deixei de pensar em ti, tentando perceber a razão que fez que o meu caminho tivesse de se cruzar com o teu. Sei que a minha viagem ainda não acabou e que a vida é uma via tormentosa, mas resta-me esperar que, de uma forma ou de outra, essa via me leve de regresso ao lugar onde pertenço.

É assim que agora vejo a situação. Pertenço-te. Enquanto conduzia a caminho do aeroporto, e também quando o avião já estava no ar, imaginava que quando chegasse a Quito estarias entre a multidão, à minha espera. Sabia que tal não era possível mas, por uma qualquer razão, esse pensamento tornou mais fácil a separação. Quase me parecia que uma parte de ti me acompanhava na viagem.

Quero acreditar que isto seja verdade. Não, não leias assim — sei que é verdade. Antes de nos conhecermos, eu estava completamente perdido como pessoa, mas, mesmo assim, viste em mim qualquer coisa que de certa forma me indicou de novo a direcção certa. Ambos conhecemos a razão que me levou a Rodanthe, embora não consiga deixar de pensar que aquela viagem foi obra de uma força superior. Fui até lá para encerrar um capítulo da minha vida, esperando que a viagem me ajudasse a encontrar o meu caminho. Penso, contudo, que apenas andava à tua procura. E que és tu quem neste momento está comigo.

Ambos sabemos que terei de passar aqui algum tempo. Não faço ideia de quando poderei regressar e, embora tenha passado muito pouco tempo, tenho a certeza de que nunca senti por ninguém as saudades que estou a ter de ti. Uma parte do meu ser deseja saltar para o primeiro avião e voar ao teu encontro mas, se os nossos sentimentos forem tão verdadeiros quanto eu penso que são, acho que poderemos tolerar a separação. E não deixarei de voltar. Prometo. No curto período de tempo que passámos juntos, vivemos situações que muitas pessoas nem conseguem imaginar; e já estou a contar os dias que vão decorrer até que possa ver-te de novo. Nunca te esqueças de quanto te amo,

Paul»

Acabada a leitura, Adrienne pôs a carta de lado e pegou no búzio em que tinham tropeçado, numa tarde de domingo, havia muitos anos. Mesmo agora, exalava um odor a mar, a eternidade, o cheiro primordial da própria vida. Era de tamanho médio, perfeitamente formado e sem falhas, algo quase impossível de encontrar no rebentar das ondas de Outer Banks depois de uma tempestade. Um sinal, pensara na altura, e recordava-se de o encostar ao ouvido e de dizer que estava a ouvir a música do oceano. Paul rira-se ao ouvir aquilo, explicando que ela estava a *ouvir* o próprio oceano. Tinha-a rodeado com os braços e sussurrado: «Estamos na maré-cheia, ou ainda não te apercebeste disso?»

Adrienne passou em revista o resto do conteúdo da caixa, retirando o que lhe interessava para a conversa com Amanda, lamentando não dispor de mais tempo para uma leitura mais sossegada. Talvez mais tarde, disse para si mesma. Atirou com as peças restantes para a gaveta do fundo, certa de que não havia necessidade de aquelas coisas serem do conhecimento da filha. Agarrando na caixa, levantou-se da cama e alisou a saia.

A filha não tardaria a chegar.

DOIS

Adrienne encontrava-se na cozinha quando sentiu a porta da frente ser aberta e fechada logo de seguida; momentos depois, Amanda atravessou a sala.

— Mamã?

A mãe pousou a caixa na bancada da cozinha.

— Estou aqui — bradou.

Quando Amanda empurrou a porta de vaivém e entrou na cozinha, viu a mãe sentada à mesa, tendo à sua frente uma garrafa de vinho, por abrir.

— O que é que se passa? — perguntou Amanda.

Adrienne sorriu, a pensar como a filha era bonita. Com cabelo castanho-claro e olhos cor de avelã, que serviam de contraponto às maçãs do rosto salientes, sempre fora adorável. Embora uns dois centímetros mais baixa do que a mãe, andava com a postura de uma bailarina e parecia mais alta. Também era magra, um pouco magra de mais, na opinião da mãe, que, contudo, se abstinha de comentários sobre isso.

— Achei que devia ter uma conversa contigo — disse Adrienne.

— Sobre que assunto?

Em vez de responder, a mãe apontou para a mesa.

— Acho que devias sentar-te.

Amanda sentou-se à mesa. Vista de mais perto parecia arrasada e Adrienne pegou-lhe na mão. Apertou-a, sem dizer nada, e depois largou-a com uma certa relutância, voltando-se para a janela. Houve um silêncio prolongado na cozinha.

— Mamã? — acabou Amanda por perguntar. — Sentes-te bem?

Adrienne cerrou os olhos e aquiesceu.

— Estou óptima. Só estava a tentar descobrir por onde é que hei-de começar.

Amanda retesou-se ligeiramente.

— É sobre mim, uma vez mais? É que nesse caso...

A mãe fê-la calar com um aceno de cabeça.

— Não, é acerca de mim — respondeu. — Vou falar-te de algo que me aconteceu faz agora catorze anos.

Amanda inclinou a cabeça para um lado e, naquele ambiente tão familiar da sua cozinha, Adrienne começou a contar a história.

TRÊS

Rodanthe, 1988

O céu matinal estava cinzento quando Paul Flanner deixou o escritório do advogado.

Correndo o fecho do blusão, caminhou através da neblina até onde tinha deixado o *Toyota Camry* alugado e deslizou para o assento do condutor, a pensar que a sua maneira de viver durante o último quarto de século tinha terminado formalmente com a assinatura daquele contrato de venda.

Corria o mês de Janeiro de 1988; durante o último mês tinha vendido os seus bens: os dois automóveis, o consultório e agora, nesta reunião final com o advogado, desfizera-se da casa.

Nunca tinha pensado na forma como reagiria à venda da casa mas, ao fechar a porta pela última vez, apercebeu-se de que para além de uma vaga sensação de chegar ao fim de uma viagem não sentia nada de especial. Ao princípio da manhã tinha percorrido toda a casa uma vez mais, divisão por divisão, na tentativa de recordar diversas cenas da sua vida. Pensou na árvore de Natal e recordou a excitação com que o filho costumava arrastar-se pela escada abaixo, de pijama, para ver os presentes que o Pai Natal lhe tinha deixado. Tentara recordar os cheiros da cozinha no Dia de Acção de Graças ou nas tardes chuvosas de domingo em que Martha fazia um guisado, ou os sons de vozes que irradiavam da sala onde ele e a mulher tinham sido anfitriões em dezenas de festas.

Porém, à medida que passava de uma divisão para outra, parando por momentos de olhos fechados, não conseguiu que as recordações voltassem à vida. Apercebeu-se de que a casa não passava de uma concha vazia e, uma vez mais, não conseguiu perceber as razões de ter ali vivido durante tanto tempo.

Paul deixou o parque de estacionamento, entrou na fila de trânsito e dirigiu-se para a auto-estrada interestadual, evitando as multidões suburbanas que se dirigiam para a cidade. Vinte minutos depois, entrou na Highway 70, uma estrada de duas vias que se dirigia para sudeste, em direcção à costa da Carolina do Norte. No banco traseiro seguiam dois enormes sacos de viagem. Os bilhetes de avião e o passaporte estavam na bolsa de pele colocada no banco do passageiro. Na bagageira transportava um *kit* médico e diversos medicamentos que lhe tinham pedido que levasse.

Lá fora, o céu era uma tela pintada de branco e cinzento, não deixando dúvidas de que o Inverno viera para ficar. De manhã tinha chovido durante uma hora e o vento que soprava do norte fazia que a temperatura parecesse mais baixa. A estrada não tinha muito movimento, o piso já não estava molhado e Paul entrou em velocidade de cruzeiro, uns quilómetros acima do limite autorizado, deixando a mente recriar tudo aquilo que fizera durante a manhã.

Britt Blackerby, o seu advogado, tinha feito uma última tentativa para o dissuadir. Eram amigos de há muitos anos; seis meses antes, a primeira vez que Paul lhe falara do que pretendia fazer, Britt pensou que o amigo estava a brincar e tinha soltado uma gargalhada, ao mesmo tempo que dizia: «Esse será um dia para recordar!» Só se apercebeu de que o amigo falava a sério quando viu a forma como Paul o olhava do outro lado da mesa.

Não havia dúvidas de que Paul estava preparado para aquele encontro. Era um hábito de que não conseguia libertar-se, pelo que se limitou a empurrar para o amigo três folhas cuidadosamente dactilografadas, que continham o esboço dos preços que considerava justos e o que pensava sobre o clausulado dos contratos de venda. Britt ficou um bom bocado a analisar o documento, antes de olhar para o amigo.

— Isto é por causa da Martha? — perguntou.

— Não — respondeu Paul. — É apenas uma coisa que preciso de fazer.

No carro, Paul ligou o aquecimento e deixou ficar a mão em frente do difusor, a tentar aquecer as pontas dos dedos. Olhando pelo retrovisor, avistou de fugida os arranha-céus de Raleigh e ficou a pensar se voltaria a vê-los.

A casa tinha sido vendida a dois jovens profissionais — o marido era director na Glaxo Smith-Kline, a mulher era psicóloga — que tinham visto a casa logo no primeiro dia em que tinha sido posta à venda. Voltaram no dia seguinte e fizeram uma oferta poucas horas depois dessa visita. Foram o primeiro casal, e o único, que se passeou pela casa.

Paul não ficou surpreendido. Estava lá quando eles chegaram e viu que passaram uma hora a analisar as características da casa. Apesar das tentativas que faziam para disfarçar o que sentiam, Paul sabia que tinham decidido comprar a casa logo à primeira vista. Mostrou-lhes os pormenores do sistema de alarme e a maneira de abrir o portão que separava o seu domínio do resto da comunidade, deu-lhes o nome e o cartão de visita do jardineiro que tratava da propriedade, bem como da empresa que fazia a manutenção da piscina, com a qual ainda tinha um contrato válido. Explicou que o mármore do vestíbulo fora importado de Itália e que os vitrais das janelas tinham sido desenhados por um artesão de Genebra. A cozinha fora remodelada apenas dois anos antes; o congelador e o fogão *Viking* eram ainda do mais moderno que existia no mercado; tinha-lhes garantido que cozinhar para vinte pessoas, ou mais, não constituiria qualquer problema. Levou-os a ver o quarto e a casa de banho principais, depois os outros quartos, sem deixar de reparar como os olhares deles se demoravam na apreciação das molduras executadas à mão e nas paredes pintadas com esponja. No piso inferior chamou-lhes a atenção para a mobília de estilo e para o candelabro de cristal, deixou-os examinar o tapete persa que estava por debaixo da mesa das bebidas da sala de jantar. Na biblioteca viu o homem a apreciar o candeeiro *Tiffany* colocado a um canto da secretária e a passar os dedos pelos painéis de madeira de ácer.

— E o preço — perguntou ele —, inclui todo o mobiliário?

Paul assentiu. Ao sair da biblioteca, não deixou de ouvir os sussurros excitados que o casal trocava entre si.

No final da hora que tinham passado a ver a casa, quando estavam junto da porta e preparados para sair, ambos fizeram a pergunta que Paul sempre considerara inevitável.

— Por que é que pôs a casa à venda?

Paul recordou-se de olhar para o homem, sabendo que a pergunta não era fruto de simples curiosidade. O que Paul estava a fazer parecia sugerir um qualquer escândalo, além de que o preço, como ele bem sabia, era baixo mesmo se a casa fosse vendida sem mobília.

Poderia ter respondido que, por viver sozinho, não necessitava de uma casa tão grande. Ou que a casa podia ser melhor aproveitada por alguém mais jovem, por pessoas que não se importassem de subir escadas. Ou que tinha planos para comprar ou para construir uma casa diferente, que lhe agradava outro género de decoração. Ou que tencionava reformar-se e que a propriedade exigia cuidados em demasia.

Mas qualquer destas respostas seria enganadora. Em vez de responder, encarou o homem, olhos nos olhos.

— Por que é que a quer comprar? — perguntou.

A pergunta fora feita em tom amigável e o homem ficou a olhar a esposa por momentos. Uma mulher bonita, pequena, morena e mais ou menos da idade do marido — cerca de 35 anos. O marido também era bem-parecido, direito como um fuso, um homem obviamente aplicado, que nunca se sentira inseguro. Por momentos, pareceram não perceber o sentido da pergunta de Paul.

— É o género de casa que sempre sonhámos vir a ter — respondeu finalmente a mulher.

Paul aquiesceu. Certo, pensou, a lembrar-se de também ter pensado o mesmo. Pelo menos até seis meses atrás.

— Então, espero que ela lhes traga felicidade — rematou.

Momentos depois o casal voltou-se para a saída e Paul ficou a vê-los dirigirem-se para o carro. Fez-lhes um aceno antes de fechar a porta mas, uma vez só, sentiu um nó na garganta. Apercebera-se de que olhar para aquele homem o obrigara a lembrar-se do que em tempos sentia quando olhava para o espelho. E, subitamente, por uma razão que mal poderia explicar, Paul sentiu que tinha lágrimas nos olhos.

* * *

A estrada passava por Smithfield, Goldsboro e Kinston, pequenas cidades separadas por cinquenta quilómetros de campos de algodão e de tabaco. Tinha crescido nesta parte do mundo, numa pequena herdade nos arredores de Williamston, e os lugares mais importantes ainda lhe eram familiares. Passou por celeiros de tabaco e casas de lavoura em equilíbrio instável; viu manchas de visco nos ramos altos e desfolhados dos carvalhos que ladeavam a estrada. Uma espécie de pinheiros, plantados em filas compridas e estreitas, separavam as propriedades umas das outras.

Em New Bern, uma cidade estranha, situada na confluência dos rios Neuse e Trent, parou para almoçar. Comprou uma sanduíche e uma chávena de café numa loja do centro histórico e, apesar do frio, sentou-se num banco perto do Sheraton, de onde se via a marina. Amarrados nos ancoradouros, os iates e os barcos de vela balouçavam suavemente com a brisa.

A respiração de Paul formava pequenas nuvens. Comida a sanduíche, removeu a tampa da chávena de café. Ficou a observar o vapor de água que subia e a ponderar a sequência de acontecimentos que o tinham trazido até ali.

Tinha sido uma longa caminhada, pensou. A mãe morrera quando o trouxe ao mundo e, sendo único filho de um pai que tinha de trabalhar a terra para comer, a sua vida não fora fácil. Em vez de ir jogar basebol com os amigos ou de ir à pesca, passava os dias a mondar ervas daninhas e a tirar parasitas das folhas de tabaco, doze horas por dia, sob o calor inclemente do sol dos Verões sulistas que lhe mantinha as costas com um castanho-dourado permanente. Como todas as crianças, por vezes queixava-se; mas na maior parte dos dias conformava-se com o trabalho. Sabia que o pai precisava da sua ajuda e o pai era um bom homem. Era paciente e simpático mas, mantendo a tradição do seu próprio pai, raramente falava, a menos que tivesse alguma coisa importante para dizer. Na maioria dos dias, a casa oferecia aquele tipo de sossego que normalmente só se encontra nas igrejas. Para além das perguntas superficiais acerca do que se passava na escola ou do que estava a acontecer nos campos, ao jantar apenas se ouvia o som ocasional dos talheres a bater nos pratos. Lavada a louça, o pai emigrava para a sala para folhear artigos e relatórios sobre agricultura, enquanto Paul mergulhava na leitura dos seus livros. Não tinham televisor e o rádio quase só era ligado para ouvir o boletim meteorológico.

Eram pobres, não lhes faltava comida nem uma cama quente para dormirem, mas era frequente que Paul se sentisse envergonhado com as roupas que tinha de usar ou pelo facto de nunca ter dinheiro suficiente para ir à pastelaria comprar um bolo ou uma cola, como faziam os seus amigos. Ouvia, uma vez por outra, alguns comentários maldosos sobre o assunto, mas em vez de lhes responder dedicou-se ao estudo, como se tentasse provar que a pobreza não o preocupava. Obteve notas excelentes, ano após ano; o pai, por muito que os resultados do Paul o enchessem de orgulho, mal escondia uma certa melancolia que o assaltava ao olhar os relatórios, como se não tivesse dúvidas de que aquelas notas significavam que o filho um dia sairia da herdade, para não mais voltar.

Os hábitos de trabalho que desenvolvera nos campos fizeram-se sentir noutras áreas da vida de Paul. Não só foi o melhor aluno do seu curso como também um excelente atleta. Quando caloiro, foi afastado da equipa de futebol, mas o treinador recomendou-lhe que tentasse a corrida de corta-mato. Quando percebeu que a diferença entre ganhadores e perdedores era quase sempre mais determinada pelo trabalho do que pelas qualidades inatas, começou a saltar da cama às cinco horas da manhã, de modo a poder fazer dois treinos diários. O esquema resultou; frequentou a Duke University com uma bolsa de estudos destinada a atletas e foi o melhor corredor da escola durante quatro anos, além de obter excelentes notas. Só uma vez, em quatro anos, baixou a guarda e quase morreu em consequência disso, mas não deixou que voltasse a acontecer. Dedicou-se à Química e à Biologia e formou-se com distinção (*summa cum laude*). Nesse ano também se tornou uma figura do desporto a nível nacional, terminando em terceiro lugar no campeonato de corta-mato.

Terminada a corrida, ofereceu a medalha ao pai e disse que tinha feito todo o esforço por ele.

— Não — respondeu o pai —, correste por ti. Só espero que estejas a esforçar-te para alcançares qualquer coisa, não para fugires de alguma coisa.

Nessa noite, deitado na cama a contemplar o tecto, Paul tentou perceber aquilo que o pai quisera dizer-lhe. Por si, pensava estar a correr em direcção a qualquer coisa, queria obter tudo. Uma vida melhor. Desafogo financeiro. Meios de ajudar o pai. Consideração. Ausência de dificuldades. Felicidade.

Em Fevereiro do último ano, depois de saber que tinha sido aceite pela Faculdade de Medicina da Universidade Vanderbilt, foi visitar o pai para lhe dar a boa notícia. O pai mostrou-se feliz por Paul ter conseguido o que queria. Mais tarde, a horas a que o pai costumava estar a dormir profundamente, Paul foi à janela e viu-o lá fora, junto ao poste da vedação, uma figura solitária com o olhar perdido nos campos.

O pai morreu três semanas depois. Foi vitimado por um ataque cardíaco quando andava a lavrar, a preparar as terras para as culturas da Primavera.

Paul sentiu-se devastado pela perda; mas em vez de passar o tempo a chorar a morte do pai, tentou não pensar nela e trabalhou ainda com mais afinco. Foi cedo para Vanderbilt, frequentou os Cursos de Verão e escolheu três disciplinas que o fariam progredir nos estudos e depois, no Outono, acrescentou três disciplinas de opção a um plano de estudos já muito sobrecarregado. Depois disso, todos os seus dias se tornaram iguais. Ia às aulas, fazia os trabalhos de laboratório e estudava até às primeiras horas da manhã. Corria oito quilómetros por dia, contra o cronómetro, a tentar melhorar os tempos a cada ano que passava. Evitava discotecas e bares; ignorava as restantes actividades das equipas de atletismo da universidade. Comprou um televisor devido a um impulso momentâneo mas nem o tirou da embalagem; vendeu-o um ano depois. Embora tímido com as raparigas, foi apresentado à Martha, uma loura da Geórgia, de temperamento calmo, que trabalhava na biblioteca da Faculdade de Medicina; como ele não se decidia a convidá-la para sair, teve de ser ela a tomar a iniciativa. Embora a Martha se preocupasse com a cadência infernal da vida dele, dez meses mais tarde percorreram o caminho para o altar. Não houve tempo para a lua-de-mel, pois os exames finais estavam à porta, mas ele prometeu que iriam a um sítio adequado, logo que o ano escolar terminasse. Nunca foram. O filho, Mark, nasceu um ano depois e durante os dois primeiros anos Paul nunca lhe mudou uma fralda, nem o embalou para adormecer.

Tinha mais que fazer, trabalhava na mesa da cozinha, analisando diagramas de fisiologia humana ou estudando equações químicas, sempre a tomar notas e a ser bem sucedido em cada exame. Conseguiu licenciar-se em três anos, foi o primeiro classificado do curso e levou a família para Baltimore, a fim de fazer o internato de cirurgia na Johns Hopkins.

A cirurgia, soube-o a seu tempo, era o seu destino. Muitas das especialidades exigem uma grande dose de interacção e de palmadinhas nas mãos dos doentes; Paul não era especialmente dotado para comportamentos desse tipo. A cirurgia era diferente; os pacientes estavam mais interessados na aptidão técnica do cirurgião do que na sua capacidade de comunicação e Paul possuía não só a autoconfiança suficiente para os pôr à vontade antes da operação como também dominava as técnicas necessárias para fazer o que tinha de ser feito. Aquele ambiente fê-lo prosperar. Nos últimos dois anos de internato, Paul trabalhava semanas de noventa horas e dormia quatro horas por noite; por mais estranho que parecesse, não revelava sinais de fadiga.

Depois do internato completou um curso de pós-graduação em cirurgia crânio-facial e mudou-se, juntamente com a família, para Raleigh, onde montou consultório com outro cirurgião, na altura exacta em que a população da cidade iniciou um aumento explosivo. Sendo os únicos dois especialistas daquele ramo na cidade, a sua clínica tinha de se expandir. Aos 34 anos completou o pagamento das dívidas contraídas na Faculdade de Medicina. Aos 36 tinha protocolos com todos os hospitais importantes da zona, embora a parte principal do seu trabalho tivesse lugar no centro médico da

Universidade de Carolina do Norte. Foi ali que participou num estudo sobre neurofibromas, em colaboração com especialistas da Clínica Mayo. Um ano mais tarde, viu um seu artigo acerca da fenda palatina ser publicado no *New England Journal of Medicine*. Seguiu-se, quatro meses depois, um artigo sobre hemangiomas que ajudou a uma nova definição do método de operar este tipo de tumores em crianças. A sua reputação aumentou e, depois de ter operado com êxito a filha do senador Norton, que ficara desfigurada num acidente de viação, a sua fotografia foi capa do *Wall Street Journal*.

Para além de especialista de cirurgia reconstrutiva, foi dos primeiros médicos do estado de Carolina do Norte a fazer cirurgia plástica e cavalgou a onda quando ela ainda estava a formar-se. A clientela teve um aumento fantástico, os seus rendimentos multiplicaram-se, começou a acumular bens. Comprou um *BMW*, depois um *Mercedes*, a seguir foi um *Porsche* e ainda outro *Mercedes*. Ele e a Martha construíram a casa com que ambos sonhavam. Comprou acções, obrigações e participações em pelo menos uma dúzia de fundos. Quando percebeu que não podia estar a par de todas as particularidades do mercado, contratou um gestor financeiro. Depois disso, a sua fortuna começou a duplicar em cada quatro anos. Então, quando já tinha mais dinheiro do que o necessário para se manter até ao fim da vida, a fortuna começou a triplicar.

Continuava, porém, a trabalhar. Marcava operações para os dias úteis e também para os sábados. Passava as tardes de domingo no escritório. Quando atingiu os 45 anos de idade, o ritmo de trabalho que impunha acabou por cansar o sócio da clínica, que o deixou para ir exercer medicina com outro grupo de colegas.

Nos primeiros anos após o nascimento do Mark, a mulher ainda falava em terem outro filho. Com o tempo, deixou de tocar no assunto. Embora Martha o forçasse a ter férias, ele fazia-o tão a contragosto que, por fim, a mulher habituou-se a fazer longas visitas aos pais e a levar o Mark, deixando Paul sozinho em casa. Este conseguia arranjar tempo para assistir aos momentos mais importantes da vida do filho, àqueles eventos que acontecem uma ou duas vezes por ano, mas perdia quase todos os restantes.

Convenceu-se a si mesmo de que trabalhava para bem da família. Ou para a Martha, que partilhara com ele as lutas dos primeiros anos. Ou para honrar a memória do pai. Ou para prevenir o futuro do Mark. No entanto, bem lá no fundo, sabia que o fazia por si próprio.

Se tivesse de escolher o mais grave de entre os seus desgostos durante aqueles anos, teria de falar do filho que, apesar de criado sem ter o pai por perto, o surpreendera e quisera ser médico. Depois de Mark ter sido admitido na Faculdade de Medicina, Paul espalhou a novidade por todos os corredores do hospital, encantado com a ideia de ter o filho como colega de profissão. Agora, pensou, poderiam passar mais tempo juntos e lembrou-se de convidar Mark para almoçar, na esperança de que conseguiria convencê-lo a enveredar pela cirurgia. Mark limitou-se a abanar a cabeça.

— Essa é a tua vida — disse-lhe o filho —, e é uma vida que não me interessa minimamente. Para ser franco, direi que tenho pena de ti.

Palavras duras. Tiveram uma discussão. Mark fez-lhe acusações graves, Paul enfureceu-se e o filho acabou por se precipitar para fora do restaurante. Recusou-se a falar ao filho durante as semanas seguintes, mas Mark não fez qualquer tentativa para remediar a situação. As semanas transformaram-se em meses; correram os anos. Embora Mark mantivesse relações afectuosas com a mãe, evitava visitá-la em casa quando sabia que o pai lá estava.

Paul tratou a desavença com o filho da única maneira que conhecia. Manteve o ritmo de trabalho, continuou a correr os seus oito quilómetros diários, logo de manhã consultava as páginas de informações financeiras do jornal. No entanto, percebia a tristeza no olhar da Martha e havia momentos, especialmente a altas horas da noite, em que procurava descobrir maneiras de retomar o relacionamento com o filho. Bem gostaria de pegar no telefone e ligar-lhe, mas nunca conseguiu reunir o ânimo para o fazer. Mark, pelo que sabia através da mulher, estava a sair-se muito bem sem a ajuda do pai. Em vez da especialização em cirurgia, tornou-se médico de família e, após vários meses passados a reunir os conhecimentos exigidos, foi para o estrangeiro como voluntário de uma organização internacional de auxílio aos desprotegidos. Embora considerasse que se tratou de um gesto nobre, Paul não conseguiu deixar de pensar que Mark pretendera afastar-se dele o mais possível.

Duas semanas depois de o filho ter partido, Martha pediu o divórcio.

Se as palavras de Mark o tinham feito zangar, as da Martha deixaram-no boquiaberto. Começou a tentar dissuadi-la, mas a mulher não o deixou prosseguir.

— Vais mesmo sentir a minha falta? — perguntou. — Nós já mal nos conhecemos.

— Eu posso mudar — respondeu ele.

Martha sorriu.

— Sei que podes. E devias. Mas terias de o fazer por ser essa a tua vontade, não por pensares que é isso que eu quero.

Paul passou as semanas seguintes numa espécie de torpor e, um mês depois daquela conversa, após ter sido submetida a uma operação rotineira, Jill Torrelson, de 62 anos de idade, natural de Rodanthe, Carolina do Norte, morreu na sala de recuperação.

Foi este golpe terrível, vindo na sequência dos outros, que, sabia-o agora, o tinha trazido até ali.

* * *

Bebido o café, Paul voltou ao carro e dirigiu-se de novo para a estrada. Chegou a Morehead City três quartos de hora mais tarde. Atravessou a ponte para Beaufort, contornou as rotundas e dirigiu-se para leste, na direcção de Cedar Point.

Abrandou a velocidade para apreciar devidamente a beleza serena daquelas terras baixas da faixa costeira. Como pôde verificar, por aquelas bandas a vida era diferente. Sentia-se encantado porque as pessoas que conduziam em sentido contrário o cumprimentavam com acenos, maravilhou-se com o grupo de idosos sentados no banco do exterior de uma bomba de gasolina, que pareciam não ter mais nada que fazer do que observarem os automóveis que passavam.

A meio da tarde apanhou o *ferry* para Ocracoke, uma vila no extremo sul dos Outer Banks. O barco só transportava mais quatro automóveis, dando-lhe oportunidade, durante a viagem de duas horas, para confraternizar com alguns dos outros passageiros. Passou a noite num motel de Ocracoke, acordou quando a bola de luz brilhante se elevou acima da água e tomou o pequeno-almoço, passando as horas seguintes a passear pela vila rústica, a observar as pessoas que estavam a preparar casas para resistirem à tempestade que se formava ao largo da costa.

Quando finalmente se sentiu pronto, atirou o saco de viagem para dentro do carro e começou a dirigir-se para norte, para o lugar onde tinha de ir.

Os Outer Banks, pensou, tinham tanto de estranho como de místico. Não havia outro lugar assim, com os tufos de erva a emergirem das dunas arredondadas e os carvalhos marítimos dobrados pela brisa que nunca deixava de soprar do oceano. A ilha já estivera ligada ao continente, mas depois da última Idade Glaciar, o mar tinha inundado uma vasta área, formando o Pamlico Sound, a oeste. Esta série de ilhas teve a sua primeira estrada nos anos 50 do século XX; até então, as pessoas tinham de seguir pela praia e atravessar as dunas para chegarem às suas casas. Mesmo agora, o sistema ainda fazia parte dos hábitos locais, pois, enquanto conduzia, observava que havia rastos de pneus perto da linha de água.

O céu tinha clareado aos bocados e, embora as nuvens corressem apressadamente em direcção ao horizonte, o sol aparecia por entre elas, cobrindo a terra de um brilho branco e agreste. Ouvia a violência do oceano, cujo bramido se sobrepunha ao barulho do motor.

Como os Outer Banks eram pouco povoados nesta altura do ano, tinha aquele troço de estrada só para si. No meio da solidão, voltou a pensar na Martha.

O processo de divórcio terminara havia poucos meses, mas fora por comum acordo. Sabia que ela andava a sair com outro homem, suspeitando até que já o fizesse antes da separação, mas isso não tinha importância. Nada lhe parecia importante naquela altura.

Quando ela saiu de casa, Paul achou que devia passar a trabalhar menos, pensando que precisava de tempo para ordenar as coisas.

Passados meses, em vez de ter voltado à rotina anterior, fez um novo corte nos seus compromissos. Continuou a correr com regularidade, mas em vez de ler as páginas financeiras logo pela manhã, achou que tal leitura tinha perdido todo o interesse. Até onde a sua memória alcançava, sempre necessitara apenas de seis horas de sono por noite; mas, por estranho que parecesse, quanto mais diminuía o ritmo da vida que fazia anteriormente, mais horas parecia precisar para se sentir repousado.

Também reparou em outras mudanças a nível físico. Pela primeira vez, em muitos anos, sentiu que os músculos dos ombros se descontraíam. As rugas do rosto, aprofundadas com a passagem do tempo, eram ainda bem visíveis, mas a intensidade que costumava notar na sua expressão tinha sido substituída por uma espécie de melancolia resignada. E parecia-lhe, devia estar a imaginar coisas, que as entradas do cabelo, já acinzentado, tinham deixado de aumentar.

Pensara ter tudo, numa determinada altura da vida. Tinha corrido, seguindo sempre em frente, atingira o pináculo do êxito; agora, contudo, percebia que nunca tinha seguido o conselho dado pelo pai. Tinha andado toda a sua vida a fugir de qualquer coisa, não à procura fosse do que quer que fosse e, no fundo do coração, sabia que todos os seus esforços tinham sido vãos.

Tinha 54 anos e estava sozinho no mundo; ao olhar a tira de asfalto à sua frente, também ela vazia, não conseguia deixar de perguntar a si mesmo a razão que o levara a passar a vida a correr.

* * *

Sabendo que já estava perto, Paul preparou-se para a última etapa da viagem. Ia ficar numa pequena pensão pouco afastada da estrada, com cama e pequeno-almoço, e quando chegou aos arredores de Rodanthe, reconheceu logo onde estava. No centro, se ainda se podia chamar assim, havia várias lojas que pareciam vender praticamente de tudo. O supermercado tanto vendia máquinas como material de pesca e artigos de mercearia; a bomba de gasolina também tinha pneus e sobressalentes para automóveis, além de oferecer serviços de mecânica.

Não viu necessidade de pedir orientações e um minuto depois saiu da estrada, entrou numa vereda com gravilha, a pensar que a estalagem de Rodanthe era bem mais encantadora do que tinha imaginado. Tratava-se de uma construção vitoriana, que demonstrava idade, com venezianas pintadas de preto e um alpendre convidativo. Nos corrimões havia vasos com amores-perfeitos e a bandeira americana ondulava ao vento.

Pegou nas suas coisas, pendurou os sacos no ombro, subiu os degraus e entrou. O chão era de pinho, estava desgastado pelas areias agarradas às muitas solas que o tinham pisado e não tinha o aspecto formal do pavimento da sua antiga casa. À esquerda havia uma sala de estar confortável, bem iluminada por duas grandes janelas, uma de cada lado da lareira. Cheirou-lhe a café acabado de fazer e viu que tinha um pequeno prato de bolachas à sua espera. Pensou que o proprietário estaria do lado direito e seguiu nessa direcção.

Embora tivesse visto um pequeno balcão, onde era suposto fazer a inscrição, não havia ali ninguém. O armário das chaves era no canto por detrás do balcão, com porta-chaves que representavam miniaturas de faróis. Tocou a campainha quando chegou junto do balcão, a chamar a atenção de alguém que o pudesse atender.

Esperou, voltou a tocar e pareceu-lhe ouvir um som de choro abafado. Parecia vir de um ponto no fundo da casa. Pôs os sacos no chão e, dando a volta ao balcão, passou por um par de portas de vaivém que abriam para a cozinha. Havia artigos de mercearia, ainda dentro dos sacos, em cima da bancada.

A porta das traseiras estava aberta, como a convidá-lo a avançar, e quando saiu para o alpendre ouviu as tábuas a rangerem. Havia duas cadeiras de balouço do lado esquerdo, com uma pequena mesa entre ambas; do lado direito, encontrou a fonte do som.

Ela estava de pé, no canto de onde se avistava o oceano. Tal como ele, usava calças de ganga desbotadas, mas vestia uma espessa camisola de gola alta. O cabelo castanho-claro estava penteado para trás, com alguns cabelos soltos a esvoaçarem com o vento. Viu-a voltar a cabeça ao ouvir o som das botas nas tábuas do alpendre. Uma dezena de gaivotas revoluteavam no céu por detrás dela e uma chávena de café fora abandonada em cima do corrimão. Paul desviou os olhos, mas voltou a olhar para ela pouco depois. Embora estivesse a chorar, via-se que era bonita, mas, pelo ar de tristeza e pela agitação que demonstrava, Paul concluiu que a mulher nem tinha consciência disso. E esse pormenor, que nunca deixaria de ressaltar sempre que ele recordava aquele momento, só servia para a tornar ainda mais atraente.

QUATRO

Sentada do outro lado da mesa, Amanda ficou a olhar para a mãe.

Adrienne tinha-se calado e ficara a olhar o céu pela janela. Deixara de chover; visto através da vidraça, o céu parecia carregado de manchas escuras. No silêncio que se seguiu, Amanda conseguia até ouvir o zumbido monótono do frigorífico.

— Mamã, qual é o motivo de estares a falar-me disso?

— Porque acho que deves saber o que se passou.

— Mas porquê? Quer dizer, quem era ele?

Em vez de responder, Adrienne pegou na garrafa de vinho. Abriu-a com movimentos deliberadamente lentos. Encheu o seu copo e depois o da filha.

— É provável que precises disto — disse.

— Mamã?

Adrienne empurrou o copo na direcção da filha.

— Lembras-te da altura em que fui para Rodanthe? Quando a Jean me pediu para eu tomar conta da estalagem?

Antes de responder, Amanda teve de pensar um bocado.

— Quando eu andava no liceu, é isso?

— Exacto.

Quando a mãe recomeçou a falar, Amanda deu consigo a pegar no copo de vinho, tentando adivinhar aonde é que a conversa as iria levar.

CINCO

Numa tarde cinzenta de quinta-feira, Adrienne encontrava-se de pé no alpendre das traseiras da estalagem, tentando aquecer as mãos que rodeavam uma chávena de café bem quente, a olhar o oceano que estava agora mais agitado do que uma hora antes. A água ficara da cor do aço, como o casco de um velho couraçado e avistavam-se pequenas ondas de espuma branca até onde a vista alcançava.

Em parte, gostaria de não ter vindo. Estava a velar pela estalagem para fazer um favor a uma amiga, parecera-lhe que a mudança de ares lhe poderia ser útil, mas começava a pensar que a sua vinda tinha sido um erro. Primeiro, o tempo não dava sinais de cooperar — a rádio passara todo o dia a transmitir avisos acerca da tempestade que se aproximava, vinda de nordeste — pelo que encarava a possibilidade de lhe faltar a energia eléctrica ou de ter de fechar-se em casa durante uns dias. Contudo, pior do que isso, aquela praia trazia-lhe recordações de muitas férias ali passadas com a família, nos dias abençoados em que se sentia feliz com a vida que tinha.

Durante muito tempo, tinha pensado que era uma pessoa de sorte. Tinha conhecido o Jack quando ainda era estudante; ele estava no primeiro ano de Direito. Tinham sido considerados o par perfeito — ele alto e magro, com cabelo escuro ondulado; ela, uma morena de olhos azuis, que vestia roupas de tamanhos bastante inferiores aos que agora usava. A fotografia do casamento estivera sempre exposta num lugar bem visível, logo por cima da lareira da sala. O primeiro filho nasceu quando ela tinha 28 anos e outros dois se seguiram nos três anos sucessivos. Como acontece com tantas outras mulheres, uma vez que deixou o peso aumentar não lhe foi fácil fazê-lo diminuir, mas, mesmo assim, nunca deixou de tentar e, sem nunca se ter aproximado da figura que tivera antes, quando estabelecia comparações com muitas das mulheres da sua idade e com filhos, pensava que não estava a sair-se nada mal.

E era feliz. Adorava a cozinha, mantinha a casa limpa, iam juntos à igreja como uma verdadeira família, fazia o possível para manter uma vida social activa, para ela e para o Jack. Quando os filhos começaram a ir à escola, ofereceu-se como auxiliar voluntária dos estudos, assistia às reuniões das associações de pais, trabalhava na escola dominical e era a primeira a oferecer os seus préstimos quando havia deslocações ao campo. Passava horas sentada ao piano: em recitais da escola, no teatro escolar, nos jogos de basebol e de futebol, dava lições individuais de natação aos filhos e acompanhou-os nas suas gargalhadas de satisfação quando atravessaram os portões do Disneyworld pela primeira vez. Quando do seu quadragésimo aniversário, Jack fez-lhe uma festa de surpresa e encheu o clube de campo com mais de duzentos convidados. Foi uma tarde cheia de riso e de alegria mas, horas mais tarde, depois de voltarem para casa, reparou que Jack nem sequer olhou enquanto ela se despia, antes de se meter na cama. Em vez disso, desligou as luzes e, embora ela soubesse que o marido não conseguia adormecer tão depressa, foi isso mesmo que ele fingiu.

Visto em retrospectiva, o facto deveria ter sido um aviso de que as coisas não eram o que pareciam, mas com três filhos e um marido que deixara a educação deles a cargo da mulher, Adrienne estava demasiado ocupada para ponderar a situação. Além do mais, não esperava, nem julgava possível, que a paixão que os unira não viesse a ter alguns períodos menos bons. Já era casada há tempo suficiente para saber como as coisas se passavam. Partiu do princípio de que a vida voltaria à normalidade e não se preocupou. Mas não voltou. Aos 41, começou a ficar preocupada acerca do matrimónio e passou a frequentar a secção da biblioteca local, a procurar obras que pudessem dar-lhe algumas ideias sobre a forma de melhorar a vida em comum e por vezes deu consigo a pensar como seria o futuro, quando a vida começasse a ter de ser vivida com maior lentidão. Imaginava como se veria no papel de avó, naquilo que ela e Jack poderiam fazer quando tivessem tempo para voltarem a desfrutar da companhia um do outro. Talvez então, pensava, a vida voltasse a ser como já fora.

Foi por essa altura que viu Jack a almoçar com a Linda Gaston. Sabia que Linda trabalhava na firma do marido, na filial de Greensboro. Embora Linda fosse especialista em questões de propriedade imobiliária, enquanto Jack era um advogado generalista, Adrienne sabia que algumas causas requeriam o trabalho conjunto de ambos, pelo que não se surpreendeu quando os viu juntos no restaurante. Até lhes sorrira através da janela. Mesmo sem ser uma amiga íntima, Linda estivera em sua casa por diversas vezes e as relações entre as duas mulheres tinham sido sempre boas, apesar de Linda ser dez anos mais nova e estar solteira. Só depois de entrar no restaurante é que se apercebeu dos olhares ternos que os dois trocavam entre si. E teve a certeza de que estavam de mãos dadas, por baixo da mesa.

Parou por instantes, petrificada, mas, em vez de os confrontar, rodou sobre os calcanhares e saiu antes que eles tivessem oportunidade de a verem.

Mentindo a si mesma, chegada a hora do jantar apresentou ao marido o prato de que ele mais gostava e não falou do que tinha presenciado. Fingiu que não acontecera coisa alguma, acabando por se convencer, com o tempo, de que estava enganada quanto ao que vira entre o marido e a colega. Talvez a Linda estivesse numa fase má e Jack estivesse a tentar confortá-la. O seu Jack era assim mesmo. Também encarou a hipótese de se tratar de uma fantasia passageira que nenhum deles teria concretizado, de um romance platónico e nada mais.

Mas não era. A vida do casal começou a deteriorar-se rapidamente, pelo que, passados uns meses, Jack pediu o divórcio. Afirmou que estava apaixonado por Linda. Não quisera que aquilo acontecesse e esperava que ela compreendesse. Não compreendeu e disse-o. Mesmo assim, quando ela tinha 42 anos, Jack saiu de casa.

Agora, passados três anos, Jack reconstituíra a sua vida mas ela não estava a conseguir fazer o mesmo. A custódia dos filhos fora atribuída a ambos, mas a partilha não passava de mera formalidade. Jack vivia em Greensboro, sendo certo que as três horas de viagem por estrada eram motivo suficiente para os filhos passarem quase todo o tempo com a mãe. Uma situação que na generalidade lhe agradava, embora os seus limites de resistência fossem testados todos os dias pelas pressões que a educação dos três filhos lhe impunha. Chegada a noite, era frequente deixar-se cair na cama e não conseguir adormecer por não ser capaz de pôr um travão nas perguntas que continuavam a girar-lhe dentro da cabeça. E, embora não o confessasse a quem quer que fosse, punha-se muitas vezes a imaginar o que diria se Jack lhe aparecesse à porta e lhe pedisse que o aceitasse de volta, pois sabia que, bem lá no fundo, estava disposta a dizer-lhe que sim.

Odiava-se por pensar assim, mas o que é que poderia fazer?

Não quisera esta vida; não a pedira, não a esperava. Nem, pensava, a merecia. Tinha-se portado bem, agira sempre de acordo com as normas. Fora fiel durante dezoito anos. Não levantara problemas nos períodos em que o marido bebia demasiado, levava-lhe café quando ele tinha de trabalhar até tarde, nunca dissera uma palavra quando ele passava os fins-de-semana a jogar golfe, em vez de passar algum tempo com os filhos.

Seria de sexo que ele andava à procura? É certo que Linda era mais jovem e mais bonita, mas isso seria assim tão importante, a ponto de o levar a deitar fora tudo o que fora a sua vida até então? Os filhos não tinham qualquer significado? E ela, tampouco? Nem os dezoito anos que tinham passado juntos? E, de qualquer modo, não se tratava de ela ter perdido o interesse — nos dois últimos anos, sempre que fizeram amor, fora dela que partira a iniciativa. Se o desejo do marido era assim tão forte, por que é que ele não fazia nada por isso?

Ou aconteceria, pensava, que ele a considerava uma sensaborona? Depois de tantos anos de casados, era normal que não tivessem muitas histórias novas para contarem um ao outro. Com o passar dos anos, muitas delas tinham sido recicladas em versões ligeiramente diferentes e ambos tinham chegado ao ponto de, ditas as primeiras palavras, saberem com antecedência como tudo acabaria. Em vez disso, faziam o que ela pensava que faz a maioria dos casais: perguntava-lhe como tinha corrido o trabalho, ele fazia perguntas sobre os miúdos, falavam das excentricidades mais recentes de um ou de outro membro da família, ou ainda do que ia acontecendo pela cidade. Houvera alturas em que desejaria dispor de assuntos mais interessantes para manter a conversa, mas seria possível que ele não pensasse que, dentro de poucos anos, ia acontecer o mesmo nas suas relações com a Linda?

Não era justo. Até os amigos o tinham dito, levando-a a presumir que os tinha do seu lado. E talvez estivessem, mas viu-se forçada a admitir que alguns tinham uma maneira muito esquisita de o demonstrarem. Um mês antes, tinha ido a uma festa de Natal dada por um casal que conhecia há muitos anos, onde teve a surpresa de encontrar o Jack e a Linda. A vida é assim numa pequena cidade do Sul — as pessoas tendem a perdoar este tipo de coisas — mas Adrienne não conseguiu deixar de sentir-se traída.

Contudo, ainda mais do que magoada e traída, sentia-se só. Não tinha saído com ninguém desde que Jack a deixara. A cidade de Rocky Mount não era exactamente um viveiro de quarentões solteiros e, de qualquer modo, os poucos que não eram casados também não eram bem o tipo de homem em que estaria interessada. Na sua maioria, tinham problemas e ela não se julgava capaz de acrescentar mais dificuldades às que já lhe custava tanto suportar. De início, decidiu que seria exigente; quando se julgou pronta para entrar de novo no mundo dos namoricos, esboçou o conjunto de características que teria de procurar. Queria alguém inteligente, simpático e de boa figura, mas, para além disso, alguém que aceitasse o facto de ela estar a educar três adolescentes. Suspeitava de que eles seriam um problema mas, como os filhos eram bastante independentes, não pensava que viessem a constituir um tipo de obstáculo capaz de desencorajar a maioria dos homens.

Céus, estava sempre a enganar-se!

Nos últimos três anos, nenhum homem a convidara para sair, levando-a a acreditar que um namoro nunca mais iria acontecer. O velho Jack bem podia divertir-se, o velho Jack podia ler o seu jornal matinal junto de uma mulher mais jovem, mas para ela o destino não reservara nada de semelhante.

E existiam, como não podia deixar de ser, as preocupações financeiras.

Jack tinha-lhe deixado a casa e pagava a tempo e horas o montante determinado pelo tribunal, mas o dinheiro mal chegava para cobrir as despesas correntes. Apesar de Jack ter auferido bons rendimentos, durante os anos em que estiveram casados não pouparam tanto quanto podiam. Como aconteceu com tantos casais, passaram anos sem conseguirem fugir ao ciclo interminável de gastarem quase tudo o que ganhavam. Tiveram bons carros e passaram férias agradáveis; quando os televisores de grandes ecrãs apareceram no mercado, foram a primeira família da vizinhança a instalar um em casa. Como as contas eram com ele, sempre acreditara que Jack estava a acautelar o futuro. Aconteceu que não estava, obrigando-a a arranjar umas horas de trabalho na biblioteca local. Embora não tivesse preocupações consigo ou com os filhos, temia o que pudesse acontecer ao seu pai.

Um ano depois do divórcio, o pai sofreu um acidente vascular cerebral, a que se seguiu uma sucessão rápida de mais três. Depois disso, passou a necessitar de assistência constante. O lar onde o instalou era excelente mas, como era filha única, a responsabilidade do pagamento recaía totalmente sobre ela. O dinheiro que restava do acordo de divórcio daria para cobrir mais um ano de despesas; depois, não sabia o que fazer. E para conseguir que a reserva durasse mais um ano, já estava a gastar todo o dinheiro que ganhava na biblioteca. Jean começou por lhe pedir que tomasse conta da estalagem que possuía nos arredores da cidade por julgar que Adrienne estava a passar por dificuldades financeiras, deixando-lhe bastante mais dinheiro do que o necessário para os artigos de mercearia. No bilhete que deixou na altura de partir, Jean dizia que o excesso seria um pagamento pela ajuda prestada. Adrienne apreciou o gesto, mas a caridade vinda dos amigos não podia deixar de lhe ferir o orgulho.

No entanto, o dinheiro era apenas uma das preocupações que tinha em relação ao pai. Por vezes, especialmente agora, sentia que o pai era a única pessoa que sempre estivera do seu lado. Passar tempo com ele era uma espécie de escape, temia a ideia de as suas horas de convívio acabassem devido a qualquer coisa que ela fizesse, ou não fizesse.

O que seria dele? O que seria dela?

Adrienne abanou a cabeça, a tentar afastar aquele tipo de perguntas. Não queria pensar em nenhuma daquelas questões, especialmente agora. Jean dissera que o trabalho seria calmo — só havia uma reserva registada — e esperava que a vinda para aqui lhe servisse para clarificar as ideias. Queria passear pela praia e ler uns romances que tinham passado os últimos meses em cima da mesa de cabeceira; queria descansar os pés e observar as toninhas a brincarem com as ondas. Esperava encontrar alívio; contudo, ali de pé, no alpendre de uma estalagem de Rodanthe batida pelos ventos do mar, à espera da tempestade anunciada, sentiu que o seu mundo estava a desmoronar-se rapidamente. Era uma mulher na meia--idade e sozinha; cansada de trabalhar e de cintura flácida. Os filhos faziam pela vida, o pai estava doente e ela nem sequer sabia se teria força para continuar.

Foi nesse estado que começou a chorar e que, uns minutos depois, ao ouvir passos no alpendre, se voltou e viu Paul Flanner pela primeira vez.

* * *

Paul já tinha visto pessoas a chorar, milhares de vezes segundo os seus cálculos, mas isso acontecera quase sempre no interior asséptico da sala de espera de um hospital, quando acabava de fazer uma operação e ainda envergava o vestuário esterilizado. Para ele, o vestuário esterilizado tinha servido como uma espécie de escudo com que se defendia dos aspectos pessoais e emocionais do seu trabalho. Jamais chorara juntamente com as pessoas com quem falara, não recordava qualquer rosto das pessoas que se lhe tinham dirigido à espera de resposta. Não era um feito de que se orgulhasse mas, como pessoa, sempre fora assim.

Neste momento, porém, ao ver os olhos orlados de vermelho da mulher que se encontrava no alpendre, sentiu-se um estranho a invadir um terreno que não era o seu. O primeiro impulso foi chamar o velho escudo em sua defesa. No entanto, notou qualquer coisa no olhar dela que o impediu de recorrer a esse esquema. Talvez fosse do ambiente ou do facto de ela estar sozinha; de qualquer das maneiras, o impulso repentino de empatia foi uma sensação estranha, que o apanhou desprotegido.

Não esperando que o hóspede chegasse tão cedo, Adrienne tentou esconder o embaraço de ser vista naquele estado. Forçando-se a sorrir, limpou os olhos ao lenço, tentando dar a entender que o vento lhe pusera os olhos a lacrimejar.

Contudo, ao voltar-se para o ver de frente, não pôde deixar de o olhar intensamente.

Por causa daqueles olhos, pensou. Eram de um azul-pálido, tão claros que quase pareciam translúcidos, mas havia neles uma intensidade que nunca vira em qualquer outra pessoa.

«Ele conhece-me», pensou de súbito. «Ou poderia conhecer-me desde que eu lhe desse oportunidade.»

Achou estas ideias ridículas e pô-las de parte, mal elas lhe passaram pela mente. Não, decidiu, não havia nada de especial acerca do homem que estava de pé, ali na frente dela. Era apenas o hóspede de que a Jean lhe falara; porque ela não estava por detrás do balcão, tinha vindo à procura de alguém. Nada mais do que isso. Em consequência, viu-se na situação de o avaliar da maneira que habitualmente reservamos para as pessoas que não conhecemos.

Embora não fosse tão alto como o Jack, teria cerca de 1,80 m, era magro e tinha bom aspecto, como uma pessoa que se exercitava diariamente. A camisola que trazia vestida era cara e não condizia com as calças de ganga já desbotadas, mas, de certa forma, ele parecia fazer que as duas peças combinassem bem. O rosto era magro, marcado pelas rugas da testa, que revelavam anos de esforço de concentração. O cabelo acinzentado estava cortado curto e mostrava manchas brancas junto das orelhas; quanto à idade, julgou-o na casa dos cinquenta, mas não conseguiu ser mais exacta do que isso.

Nesse preciso momento, Paul pareceu compreender que estava a ser avaliado e baixou os olhos.

— Desculpe — murmurou —, não quis ser intrometido.

Com um movimento de cabeça apontou para a porta. — Posso esperar lá fora. Leve o tempo que quiser.

Adrienne abanou a cabeça, a tentar pô-lo à vontade.

— Não tem importância. De qualquer das maneiras, já estava a contar consigo.

Quando olhou para ele, encontrou-lhe os olhos pela segunda vez. Pareceram-lhe mais doces, atravessados por uma qualquer recordação, como se ele estivesse a pensar em qualquer coisa triste e a tentar esconder esse facto. Pegou na chávena de café e usou-a como uma desculpa para se virar.

Paul segurou-lhe a porta e desviou-se para o lado, mas ela insistiu que ele entrasse primeiro. Com ele a seguir à sua frente em direcção à cozinha, e depois para sala da recepção, Adrienne deu consigo a apreciar aquele porte atlético e corou ligeiramente, surpreendida com as reacções que estava a experimentar. A repreender-se a si mesma, passou para trás do balcão. Viu o nome escrito no livro de registo e olhou para cima.

— É o senhor Paul Flanner? Tem reserva para cinco noites, com saída na quinta-feira de manhã.

— Exacto. — O homem hesitou. — Será possível dar-me um quarto com vista para o mar?

Adrienne pôs o livro de registo de lado.

— Com certeza. Efectivamente, pode ficar com qualquer dos quartos lá de cima. É o único hóspede de que estamos à espera durante todo o fim-de-semana.

— Qual é que me recomenda?

— São todos muito agradáveis, mas se fosse eu, escolhia o quarto azul.

— O quarto azul?

— Tem as cortinas mais escuras. Se dormir no quarto amarelo, ou no branco, acordará logo aos primeiros alvores da manhã. As venezianas não ajudam muito e o sol aparece bastante cedo. As janelas desses quartos estão voltadas para leste. — Adrienne empurrou o formulário na direcção dele, pôs uma caneta ao lado do papel e pediu: — Quer fazer o favor de assinar aqui?

— Com certeza.

Ficou a vê-lo escrever o nome e a pensar que as mãos dele condiziam com o rosto. Os nós dos dedos eram proeminentes, como os de um homem mais velho, mas os movimentos eram rápidos e precisos. Reparou que não usava aliança de casamento. Como se isso tivesse importância!

Paul pôs a caneta de lado e Adrienne conferiu o formulário para ver se estava correctamente preenchido. Quanto a residência, estava indicado o endereço do escritório de um advogado de Raleigh. Tirou uma chave do armário que havia ao lado do balcão, hesitou e tirou mais duas.

— Muito bem, não precisamos de mais nada daqui — disse ela. — Quer que vá mostrar-lhe o seu quarto?

— Se faz favor.

Paul deu um passo atrás para permitir que ela passasse pela abertura do balcão e se dirigisse para a escada. A mulher parou ao chegar junto da escada, para ficar à espera dele. Apontou para a sala.

— Ali há café e bolinhos. Fiz o café ainda não há uma hora; portanto, ainda vai aguentar-se fresco durante algum tempo.

— Eu vi, quando entrei. Obrigado.

Adrienne parou no cimo da escada, com a mão ainda apoiada no corrimão. Havia quatro quartos no andar de cima; um perto da frente da casa, mais três voltados para o oceano. Em vez de números, Paul verificou que as portas ostentavam nomes: Bodie, Hatteras e Cape Lookout, reconhecendo neles os nomes dos faróis existentes ao longo dos Outer Banks.

— Pode escolher o que mais lhe agradar — informou Adrienne. — Trouxe as três chaves para que possa decidir de acordo com o seu gosto.

Paul olhou de um quarto para outro.

— Qual é o quarto azul?

— Ah, esse é o nome que eu lhe dou. A Jean deu-lhe o nome de Bodie Suite.

— Quem é a Jean?

— É a dona disto. Só estou a tomar conta do lugar enquanto ela estiver fora.

As correias dos sacos de viagem estavam a enterrar-se-lhe no pescoço e Paul mudou-os de posição enquanto Adrienne se encarregava de abrir a porta. Manteve a porta aberta para Paul passar e sentiu o saco roçar por ela quando ele entrou.

Paul olhou à volta. O quarto era exactamente como o tinha imaginado: simples e limpo, mas com mais carácter do que o quarto típico de um motel voltado para a praia. Havia uma cama de dossel colocada por debaixo da janela, com uma mesa de cabeceira ao lado. No tecto havia uma ventoinha cujas pás rodavam com lentidão, apenas o suficiente para agitar o ar. No canto mais afastado, junto a um grande quadro representando o farol de Bodie, havia uma porta que Paul presumiu que levasse à casa de banho. Junto à parede mais próxima estava colocada uma cómoda, de aspecto gasto, que parecia estar neste quarto desde que a estalagem fora construída.

Com excepção da mobília, poderia dizer-se que tudo o resto ostentava um tom diferente de azul: o tapete da entrada era azul-esverdeado, a manta e as cortinas eram azul-escuras, o candeeiro que estava na ponta da mesa ficava algures entre os dois azuis anteriores mas brilhava, como a pintura de um carro novo. Embora a cómoda e a mesa estivessem pintadas a casca de ovo, eram decoradas com cenas em que o oceano aparecia por debaixo de céus azuis de Verão. Até o telefone era azul, o que lhe dava a aparência de um brinquedo.

— O que é que acha?

— Não há dúvida de que é azul — respondeu Paul.

— Quer ver os outros quartos? Trouxe as chaves de todos eles.

Ele largou os sacos no chão e olhou para fora da janela.

— Não, este é óptimo. Mas não se importa de que abra a janela? O quarto está um pouco abafado.

— Faça favor.

Paul atravessou o quarto, desviou a patilha e levantou a meia janela. Como a casa tinha beneficiado de sucessivas pinturas ao longo dos anos, a janela só subiu uns dois ou três centímetros. Ele bem lutou para a fazer subir um pouco mais e Adrienne ficou a apreciar os músculos poderosos dos braços que inchavam e se descontraíam alternadamente.

Adrienne pigarreou.

— Julgo que tenho o dever de o informar que é a primeira vez que estou a cuidar da estalagem. Já aqui estive inúmeras vezes, mas sempre com a Jean a dirigir o estabelecimento; por isso, se achar que alguma coisa não está bem, não pense duas vezes antes de me dizer.

Paul virou-se para ela. De costas para a janela, as feições ficavam-lhe na sombra.

— Não estou preocupado — afirmou. — Nos tempos que correm, não me considero muito exigente.

Adrienne sorriu e tirou a chave da fechadura. — Muito bem, coisas que deve saber. Jean disse-me para lhe fazer o resumo. Há um calorífero de parede por debaixo da janela e só tem de rodar o interruptor. Só tem duas posições e, quando é ligado, ouvem-se uns estalidos, mas só durante os primeiros minutos. Há toalhas lavadas na casa de banho; se precisar de mais, faça favor de me dizer. E embora dê a impressão de que leva uma eternidade a chegar à boca da torneira, a água quente acabará por aparecer. Prometo. — Ao continuar, viu de relance que Paul sorria. — E, a menos que chegue mais alguém durante o fim-de-semana, e por causa da tempestade não penso que isso aconteça, a menos que a pessoa tenha de procurar abrigo, podemos comer às horas que quiser. Normalmente, a Jean serve o pequeno almoço às oito e o jantar às dezanove mas, se estiver ocupado a essas horas, diga-me e poderemos comer noutra altura qualquer. Ou poderei fazer qualquer coisa que possa levar consigo.

— Obrigado.

Ela fez uma pausa, a dar voltas à cabeça para se recordar do resto.

— Ah, uma coisa mais. Quanto ao telefone, devo informá-lo de que só não está bloqueado para as chamadas locais. Se pretender fazer chamadas interurbanas, terá de usar um cartão ou pedir a chamada a pagar no destino, tendo obrigatoriamente de passar pela operadora.

— Muito bem.

Já junto da porta, Adrienne ainda hesitou.

— Há mais alguma coisa que precise de saber?

— Acho que me informou de tudo o que interessa. Com excepção, devo dizer, do mais óbvio.

— E o que é?

— Ainda não me disse o seu nome?

Pousou a chave em cima da cómoda, ao lado da porta e sorriu.

— Chamo-me Adrienne. Adrienne Willis.

Para surpresa dela, Paul atravessou o quarto e estendeu-lhe a mão.

— Muito gosto em conhecê-la, Adrienne.

SEIS

Paul tinha vindo a Rodanthe a pedido de Robert Torrelson; enquanto tirava umas coisas dos sacos para as guardar nas gavetas da cómoda, dava voltas à cabeça a tentar descobrir o que Robert teria para lhe dizer, ou se estaria à espera de que Paul fizesse as despesas da conversa.

Jill Torrelson tinha ido consultá-lo por ter um meningioma. Um tumor benigno, não lhe punha a vida em perigo mas era feio, para não dizer pior. O meningioma estava do lado direito do rosto e cobria toda a zona desde a ponte do nariz e por cima do malar, formando uma massa bulbosa e arroxeada, pontilhada de cicatrizes nos sítios onde, ao longo de anos, os tecidos ulceraram. Paul já havia operado dezenas de pacientes com meningiomas e recebera muitas cartas de pessoas que se tinham submetido à operação, nas quais expressavam a maior gratidão pelo que o cirurgião fizera por elas.

Já tinha revisto o caso mais de um milhar de vezes, mas continuava sem saber a razão da morte da doente. Nem era possível, segundo parecia, que a ciência pudesse fornecer uma resposta. A autópsia de Jill fora inconclusiva, sem se conseguir determinar a causa da morte. Tinham começado por admitir que a doente fora vítima de uma espécie de embolia, mas não conseguiram reunir provas disso. Depois, concentraram-se na ideia de que sofrera uma reacção alérgica à anestesia ou à medicação pós-operatória, mas também essa hipótese acabou por ser posta de parte. Portanto, fora negligência da parte de Paul; a cirurgia tinha decorrido sem contratempos e o exame minucioso do médico-legista não tinha apontado qualquer falha no procedimento normal naqueles casos, nem nada que pudesse, mesmo remotamente, ter sido responsável pelo óbito.

O registo em vídeo confirmou isso mesmo. Por se tratar de um meningioma típico, a operação tinha sido gravada pelo hospital para possível utilização nas aulas práticas da faculdade. Mais tarde, a gravação fora vista pelo conselho de cirurgiões do hospital, a que se juntaram mais três colegas de outros hospitais do Estado. Uma vez mais, não se descobriu nada de errado. E o relatório mencionava vários estados patológicos. Jill Torrelson tinha excesso de peso e as artérias estavam endurecidas; com o tempo, teria de ser operada às coronárias. Era diabética e, como fumadora de longa data, estava a começar a sofrer de enfisema pulmonar, embora, uma vez mais, nenhuma destas doenças parecesse pôr-lhe a vida em perigo na altura da operação e nenhuma delas pudesse fornecer uma explicação adequada para o que aconteceu.

Aparentemente, Jill Torrelson morreu sem qualquer motivo, como se, no momento, Deus tivesse decidido chamá-la à Sua presença.

Como muitas outras pessoas na mesma situação, Robert Torrelson tinha posto o caso em tribunal. Como réus, eram indicados Paul, o hospital e o anestesista. Paul, como a maioria do cirurgiões, tinha um seguro para cobrir aquele tipo de situações. Como era de rotina, foi aconselhado a não falar com Robert Torrelson sem que o seu advogado estivesse presente e, mesmo então, só se estivesse a ser interrogado e se desse a circunstância de Robert também se encontrar na sala.

O caso arrastou-se durante um ano, sem solução. Logo que o advogado de Robert Torrelson recebeu o relatório da autópsia, encarregou outro cirurgião de rever a gravação de vídeo; os advogados da companhia de seguros e do hospital começaram a colocar obstáculos processuais para arrastarem o caso e fazerem subir os custos, pois o advogado de Torrelson tinha pintado um quadro negro das exigências do seu cliente. Embora sem o dizerem directamente, os advogados da companhia de seguros esperavam que Robert Torrelson acabasse por desistir do processo.

Tinha acontecido o mesmo nos outros processos postos a correr contra Paul Flanner, se pusermos de lado o facto de, dois meses antes, Paul ter recebido um bilhete pessoal de Robert Torrelson. Não precisava de o trazer consigo para recordar o que lá tinha sido escrito.

«Caro Dr. Flanner,

Gostaria de falar consigo em pessoa. Isto é muito importante para mim.

Por favor,

Robert Torrelson»

Escrevera o endereço no final da carta.

Recebida a carta, Paul mostrou-a aos advogados, que o aconselharam a não responder. Os seus antigos colegas do hospital disseram o mesmo. Que deixasse andar, opinaram; que quando o caso estivesse terminado poderia sempre aceitar o encontro, se o outro ainda quisesse conversar.

Mas aquele pedido simples de Robert Torrelson, por cima de uma assinatura cuidadosamente desenhada, tinha mexido com Paul e ele decidiu não ligar às recomendações.

Segundo a sua maneira actual de pensar, tinha ignorado demasiadas coisas.

* * *

Paul vestiu o casaco, desceu a escada e saiu pela porta da frente, dirigindo-se para o carro. Pegou na bolsa de pele que estava no banco da frente, que continha os bilhetes e o passaporte mas, em vez de voltar para dentro, deu a volta pela parte lateral da casa.

O vento era mais forte do lado da praia e Paul teve de parar uns momentos para fechar o casaco. Apertando a bolsa debaixo do braço, agarrou o casaco com ambas as mãos e baixou a cabeça, sentindo que a brisa parecia morder-lhe as maçãs do rosto.

O céu recordou-o de outros céus que vira em Baltimore antes das tempestades que tingiam todo o mundo com manchas de cinzento desmaiado. Lá longe, avistou um pelicano a deslizar por cima da água, de asas paradas, limitando-se a flutuar contra o vento. Bem gostava de saber para onde a ave iria quando a tempestade atingisse a máxima força.

Paul parou perto da água. As ondas rolavam para a praia vindas de duas direcções diferentes, fazendo saltar espuma quando colidiam. O ar estava húmido e frio. Olhando por cima do ombro, avistou o brilho amarelado da lâmpada da cozinha da estalagem. Como se fosse um fantasma, a silhueta de Adrienne passou pelo vão da janela e desapareceu da vista.

Pensou que na manhã seguinte tentaria falar com Robert Torrelson. A tempestade era esperada durante a tarde e era provável que se mantivesse durante boa parte do fim-de-semana, mas poderia fazer a visita se o tempo permitisse. Não queria protelar a visita para segunda-feira, pois o seu voo tinha a partida marcada para a tarde de terça-feira, o que obrigava a sair de Rodanthe às nove da manhã, no máximo. Não desejava correr o risco de não falar com o homem, mas por causa da tempestade, o tempo estava a ficar curto. Segunda-feira era provável que as linhas de transporte de energia tivessem sido derrubadas, podia haver inundações e, passada a tormenta, Robert Torrelson poderia ter de tomar conta sabe-se lá de quem.

Paul nunca tinha estado em Rodanthe, mas calculava que perderia apenas uns minutos para encontrar a casa. Na sua avaliação, a cidade não devia ter mais do que umas dezenas de ruas e poderia ser percorrida de ponta a ponta em menos de meia hora.

Depois de passar alguns momentos no areal, Paul virou-se e iniciou o percurso de regresso à estalagem. No caminho, tornou a ver Adrienne de relance, quando ela passou pelo vão de uma janela.

O sorriso, pensou para consigo. Gostava do sorriso dela.

* * *

Adrienne deu consigo a olhar através da janela, a vê-lo regressar da praia.

Estava a desempacotar os artigos de mercearia, fazendo o seu melhor para os colocar nos armários que lhes estavam destinados. No princípio da tarde comprara tudo o que a Jean tinha determinado, mas agora perguntava-se se não deveria ter esperado a chegada de Paul, para lhe perguntar se tinha preferência por alguma comida especial.

Esta visita intrigava-a. Soube, através da Jean, que ele tinha telefonado seis semanas antes, que o informara de que ia fechar depois do Ano Novo e que não voltaria a abrir antes de Abril, mas ele oferecera-se para pagar o dobro do preço normal, desde que ela mantivesse a estalagem aberta durante mais uma semana.

Este homem não estava de férias, disso tinha a certeza. Não só por Rodanthe não ser um destino popular durante os meses de Inverno, mas também por ele não se enquadrar no turista normal. Além disso, quando chegou, não mostrou ser uma pessoa que veio para um sítio daqueles à procura de descanso.

Também não dissera que estava a visita a familiares, o que talvez quisesse dizer que estava aqui por motivos profissionais. Contudo, nem isso fazia muito sentido. Para além da pesca e do turismo, poucas mais actividades havia em Rodanthe; com excepção das lojas que satisfaziam as necessidades dos habitantes da terra, a maioria dos negociantes fechava as portas durante o Inverno.

Continuava à procura de uma explicação quando lhe sentiu os passos na escada das traseiras. Ficou a ouvi-lo bater os pés para deixar a areia fora de casa.

A porta das traseiras foi aberta momentos depois e Paul entrou na cozinha. Enquanto ficou a vê-lo libertar-se do casaco, notou que ele tinha a ponta do nariz vermelha.

— Acho que a tempestade já está próxima — informou. — Desde esta manhã a temperatura desceu pelo menos dez graus.

Adrienne pôs uma caixa de biscoitos no armário e olhou por cima do ombro, para lhe responder.

— Eu sei. Tive de ligar o aquecimento. Mas esta casa não é das que faz um uso mais eficiente da energia. Na verdade, estou a sentir o vento que entra pelas frinchas das janelas. É pena que não esteja um tempo mais ameno.

Paul esfregou os braços.

— O tempo é assim mesmo. Ainda há por aí café? Acho que uma chávena vinha a calhar para me aquecer

— É provável que já não esteja grande coisa. Vou pôr a cafeteira ao lume. Demora apenas uns minutos.

— Não se importa?

— Nada. Talvez também beba uma chávena.

— Obrigado. Vou só pôr o casaco no quarto e lavar-me; desço logo a seguir.

Brindou-a com um sorriso antes de sair da cozinha e Adrienne sentiu que expirava violentamente o ar, pois não se apercebera de que tinha sustido a respiração. Durante a ausência dele, moeu uma mão-cheia de grãos, mudou o filtro e começou a fazer o café. Pegou no bule de prata, despejou o conteúdo pelo cano do lava-louça e lavou tudo. Enquanto trabalhava, nunca deixou de o ouvir a mexer-se no andar de cima.

Embora soubesse com antecedência que Paul ia ser o único hóspede durante o fim-de-semana, não se tinha apercebido de quanto parecia estranho estar naquela casa com ele. Ou sozinha, ponto final. É certo que os miúdos tinham as suas actividades próprias, que ela tinha alguns momentos livres de vez em quando, mas nunca por muito tempo, pois eles podiam aparecer a qualquer momento. Além disso, eram da *família*. Não era bem a mesma situação em que se via naquele momento, nem conseguia escapar à sensação de que estava a viver a vida de uma outra pessoa, uma vida cujas normas não dominava inteiramente.

Serviu-se de uma chávena de café e despejou o restante no bule de prata. Estava a levar a bandeja com o bule para a sala quando o ouviu a descer a escada.

— Mesmo na hora — exclamou. — O café está pronto. Quer que acenda a lareira?

Chegou-lhe o cheiro da água-de-colónia logo que ele entrou na sala. Encheu-lhe a chávena.

— Não, não é necessário. Sinto-me confortável. Talvez mais tarde.

Ela assentiu e deu um ligeiro passo atrás.

— Bem, se precisar de alguma coisa, eu estarei na cozinha.

— Pensei ouvi-la dizer que também lhe apetecia uma chávena.

— Já me servi. Deixei-a em cima da bancada.

Paul levantou os olhos para ela.

— Não me faz companhia?

Havia um certo ar de expectativa na forma como fez a pergunta, como se efectivamente quisesse que ela ficasse.

Adrienne hesitou. Jean era especialista em conversas de salão com estranhos, mas ela nunca o fora. No entanto, sentiu-se lisonjeada pela oferta, embora sem saber bem porquê.

— Acho que sim — acabou por dizer. — Só tenho de ir buscar a minha chávena.

Quando ela regressou, Paul estava sentado numa das cadeiras de balouço, junto da lareira. Com fotografias a preto e branco penduradas na parede, retratando cenas da vida nos Outer Banks na década de 1920, mais uma prateleira comprida cheia de livros muito usados, esta sempre fora a sua sala preferida naquela casa. Na parede do lado do oceano havia duas janelas. Junto da lareira tinham colocado uma pequena pilha de lenha e também uma cesta de aparas de madeira, um ambiente propício a um confortável serão em família.

Paul tinha pousado a chávena em cima de uma perna, fazia a cadeira balouçar e olhava o horizonte. O vento fazia revolutear a areia e o nevoeiro estava a aproximar-se, dando ao ambiente exterior uma atmosfera de crepúsculo. Adrienne sentou-se na outra cadeira e, por momentos, ficou a olhar a cena em silêncio, tentando não se mostrar nervosa.

Paul voltou-se para ela.

— Pensa que a tempestade de amanhã vai levar-nos pelo ar? — perguntou.

Adrienne passou a mão pelo cabelo.

— Duvido. Esta casa está aqui há sessenta anos e ainda não foi levada.

— Já aqui esteve durante uma borrasca vinda de nordeste? Uma das grandes, como esta de que estamos à espera?

— Não. Mas já aconteceu à Jean, pelo que não deve ser assim tão mau. Contudo, há que dizê-lo, ela é de cá, deve estar habituada.

Enquanto ouvia a resposta, Paul deu consigo a avaliá-la. Mais nova uns anos do que ele, cabelo castanho-claro cortado um pouco acima dos ombros e ligeiramente encaracolado. Não era magra, mas também não era pesada; para ele, era uma mulher atraente, segundo uma perspectiva que punha de parte os padrões irrealistas da televisão e das revistas. Tinha uma ligeira bossa no nariz, pés-de-galinha à volta dos olhos e, quanto à pele, atingira aquele estádio intermédio entre a juventude e a velhice, antes de a força da gravidade começar a exigir o seu tributo.

— Disse que ela é sua amiga?

— Conhecemo-nos na universidade, há muitos anos. Jean foi uma das minhas colegas de quarto e nunca perdemos o contacto. Esta casa pertenceu aos avós dela, mas os pais converteram-na numa estalagem. Depois de combinar a sua vinda, pediu-me que a substituísse por ter de assistir a um casamento, fora da cidade.

— Mas não vive aqui?

— Não, vivo em Rocky Mount. Já alguma vez lá esteve?

— Muitas vezes. Quando ia a Greenville, costumava passar por lá.

Ao ouvir esta resposta, Adrienne ficou novamente a magicar no significado do endereço registado no formulário de admissão. Bebeu um gole de café e pousou a chávena no regaço.

— Sei que não tenho nada com isso — começou —, mas posso perguntar-lhe o que veio aqui fazer? Só responde se quiser. Simples curiosidade minha.

Paul mudou um pouco de posição.

— Vim cá para falar com uma pessoa.

— Uma longa viagem, só para ter uma conversa.

— Não tinha muito por onde escolher. Ele quer falar comigo em pessoa.

A voz dele soava dura e longínqua, por momentos pareceu perdido nos seus próprios pensamentos. No silêncio que se seguiu, Adrienne até conseguia ouvir o tremular da bandeira içada no mastro da frente.

Passados uns instantes, Paul pousou a chávena na mesa que estava entre ambos.

— O que é que faz? — acabou por perguntar, com voz a voltar ao normal. — Para além de tomar conta de estalagens pertencentes a amigas?

— Trabalho na biblioteca pública.

— Ah sim?

— Parece surpreendido.

— Acho que estou. Esperava ouvir uma resposta muito diferente.

— Tal como?

— Para falar com franqueza, não sei muito bem. Mas essa não. Não me parece suficientemente idosa para uma bibliotecária. Onde eu vivo, estão todas na casa dos sessenta.

Ela sorriu.

— Não é um trabalho com horário completo. Tenho três filhos, o que me obriga a ter outra profissão: a de mãe.

— Que idades têm os seus filhos?

— Dezoito, dezassete e quinze.

— Dão-lhe muito trabalho?

— Não, na verdade não dão. Desde que me levante às cinco da manhã e não vá para a cama antes da meia-noite, não é assim tão mau.

Ele riu-se à socapa e Adrienne sentiu que também começava a sentir-se mais descontraída.

— E você? Tem filhos?

— Só um. Um rapaz — respondeu, baixando os olhos por momentos, para logo continuar. — É médico, está no Equador.

— Vive lá?

— Para já, vive. Ofereceu-se como voluntário para trabalhar uns anos numa clínica perto de Esmeraldas.

— Deve ter orgulho nele.

— Pois tenho. — Fez uma pausa. — No entanto, para ser franco, acho que ele deve ter recebido esses sentimentos da minha mulher. Ou melhor, da minha ex-mulher. Foi educado mais por ela do que por mim.

Adrienne sorriu.

— É agradável ouvir isso.

— O quê?

— Que ainda aprecia as boas qualidades da sua ex-mulher. Isto é, mesmo depois de divorciados. Depois de se terem separado, não é vulgar que as pessoas façam apreciações desse género. Habitualmente, ao falarem dos antigos cônjuges, as pessoas lembram-se do que correu mal ou dos erros que o outro cometeu.

Paul ficou a pensar se ela estaria a falar por experiência própria; pareceu-lhe que sim.

— Fale-me dos seus miúdos, Adrienne. O que é que gostam de fazer?

Adrienne bebeu um gole de café, pensando como lhe parecia estranho ouvi-lo pronunciar o seu nome.

— Os meus miúdos? Ora bem, vejamos... Matt começou por ser o três-quartos da equipa de futebol e agora joga como defesa na equipa de basquetebol. Amanda adora teatro, acaba de conseguir o papel principal de Maria, de *West Side Story*. Quanto ao Dan... bem, de momento, Dan também está a jogar basquetebol, mas no próximo ano encara a possibilidade de mudar para a luta. O treinador tem andado a pedir-lhe isso desde que o observou nos desportos de campo no Verão passado.

Paul arregalou os olhos.

— Impressionante.

— O que é que eu hei-de dizer? É tudo obra da mãe deles — zombou Adrienne.

— Por que será que isso não me surpreende?

Ela sorriu.

— Como é óbvio, esse é apenas o lado bom. Se lhe falasse das suas mudanças bruscas de humor e de atitudes, ou lhe descrevesse a trapalhada que vai nos quartos deles, talvez acabasse por pensar que eu estava a fazer um péssimo trabalho na educação dos meus filhos.

Paul sorriu.

— Duvido. Pensaria apenas que estava a educar adolescentes.

— Por outras palavras, está a dizer que o seu filho, o médico consciencioso, também passou por estas fases e que, também eu, não devo perder a esperança?

— Acho que também passou por isso.

— Mas não tem a certeza, pois não?

— Realmente não tenho. Não o acompanhei tanto quanto devia. Tive um período na minha vida em que tinha por hábito trabalhar demasiado.

Via-se que aquilo lhe custava a admitir e bem gostaria de saber a razão que o levava a falar do assunto. Antes que pudesse ponderar devidamente a questão, o telefone tocou, fazendo que ambos voltassem as cabeças.

— Com licença — disse ela, ao levantar-se. — Tenho de atender esta chamada.

Paul ficou a vê-la afastar-se, voltando a notar que era uma mulher atraente. A despeito do caminho que a sua prática médica tinha tomado nos anos mais recentes, sempre se interessara menos pela aparência do que pelas qualidades que não estão à vista: simpatia e integridade, humor e sensibilidade. Estava certo de que Adrienne possuía todas essas qualidades, mas ficara com a sensação de que elas não tinham sido devidamente apreciadas durante muito tempo, talvez nem por ela própria.

Percebeu que ela se sentia nervosa da primeira vez que se sentou junto dele e viu nisso um pormenor extremamente afectuoso. Era muito frequente, especialmente no seu tipo de trabalho, que as pessoas tentassem impressionar as outras, que se assegurassem de que estavam a dizer o que deviam, alardeando tudo o que faziam. Outras, pelo contrário, falavam sem cessar, viam a conversa como uma via de sentido único e nada era mais aborrecido do que aturar esses enfatuados. Nenhuma daquelas descrições parecia aplicar-se a Adrienne.

E tinha de admitir que era agradável poder falar com alguém que não o conhecia. Durante os meses mais recentes, tinha alternado entre o isolamento e a fuga às perguntas sobre o modo como estava a sentir-se. Alguns colegas, por mais de uma vez, recomendaram-lhe um bom psicoterapeuta e confidenciaram-lhe que a pessoa em questão os tinha ajudado. Paul cansara-se de explicar que sabia o que estava a fazer e que não tinha dúvidas sobre a sua decisão. E estava ainda mais cansado de reparar nos olhares de preocupação com que os colegas o presenteavam ao ouvirem as explicações que ele lhes dava.

Mas havia qualquer coisa em Adrienne que o fazia sentir que esta mulher seria capaz de compreender a situação em que ele se encontrava. Não conseguiria explicar a razão que o levava a pensar assim, nem isso interessava. Fosse como fosse, tinha a certeza de estar a pensar acertadamente.

SETE

Uns minutos depois, Paul colocou a chávena vazia na bandeja e levou-a para a cozinha.

Quando chegou à cozinha, Adrienne estava de costas e continuava a falar ao telefone. Estava encostada à bancada, com uma perna cruzada por cima da outra, a retorcer uma mecha de cabelos entre os dedos. Pelo tom de voz, percebeu que estava a acabar e colocou a bandeja em cima da bancada.

— Sim, li o teu bilhete... pois... sim, já chegou... — Fez uma longa pausa, para ouvir, e depois voltou a falar, em voz ligeiramente mais baixa. — Têm dado a notícia durante todo o dia... Pelo que ouvi, deve ser das grandes... Oh, está bem... debaixo da casa?... Sim, acho que serei capaz de fazer isso. Quer dizer, depende da violência que atingir, não é?... não tens de quê... Diverte-te no casamento... adeus.

Paul estava a pôr a chávena no lava-louça quando ela se voltou.

— Não precisava de se dar à maçada de fazer isso.

— Eu sei, mas como tinha de vir para estes lados... Quis ver o que tínhamos para jantar.

— Está a ficar com fome?

Ele abriu a torneira.

— Tenho alguma. Mas posso esperar até que lhe dê jeito.

— Não, também estou a ficar com fome.

Depois, vendo o que ele se preparava para fazer, exclamou:

— Não, deixe-me fazer isso. Quem é que é o hóspede?

Paul desviou-se para o lado, permitindo que Adrienne se juntasse a ele em frente do lava-louça. Ela foi falando enquanto lavava as chávenas e o bule.

— A ementa desta noite permite-lhe escolher entre frango, bife ou massa com molho de natas. Posso fazer o que lhe agradar mais, mas é melhor que pense que o que não comer hoje terá provavelmente de comer amanhã. Não posso garantir que encontremos qualquer loja aberta durante este fim-de-semana.

— Qualquer dos pratos serve. A escolha é sua.

— Frango? Já está descongelado.

— Com certeza.

— E estava a pensar num acompanhamento de batatas e ervilhas.

— Parece-me óptimo.

— Adrienne secou as mãos numa toalha de papel e pegou num avental que estava pendurado num dos interruptores do fogão. Vestindo-o por cima da camisola, continuou.

— Também lhe agrada uma salada?

— Se também quiser. Se não quiser, também não me faz diferença.

Ela sorriu.

— Caramba, não estava a brincar quando me disse que não era exigente.

— O meu lema é o seguinte: desde que não seja eu a cozinhar, como praticamente de tudo.

— Não gosta de cozinhar?

— Na realidade, nunca precisei de o fazer. Martha, a minha ex-mulher, estava sempre a experimentar novas receitas. Depois que se foi embora, tenho comido quase sempre em restaurantes.

— Bem, não procure avaliar os meus cozinhados de acordo com os padrões dos restaurantes. Sei cozinhar, mas não sou uma chefe de cozinha. Regra geral, os meus filhos mostram-se mais interessados na quantidade do que na originalidade.

— Tenho a certeza de que será um óptimo jantar. No entanto, terei muito gosto em lhe dar uma ajuda.

Olhou para ele, surpreendida pela oferta.

— Só se quiser. Se preferir ir lá para cima descansar, ou ler, eu aviso-o quando estiver tudo pronto.

Paul abanou a cabeça.

— Não trouxe nada para ler e se me deitasse agora, não conseguiria dormir durante a noite.

Adrienne hesitou, a ponderar se deveria aceitar a oferta, enquanto se dirigia para a porta do outro lado da cozinha.

— Bem... obrigada. Pode começar por descascar as batatas. Estão na despensa, mesmo ali em frente, na segunda prateleira e ao lado do arroz.

Paul dirigiu-se para a despensa. Enquanto abria o frigorífico para tirar o frango, ficou a vê-lo pelo canto do olho, a pensar que o facto de ele estar a ajudá-la nos trabalhos da cozinha era simpático, mas sem deixar de ser um pouco embaraçoso. O gesto revelava uma familiaridade que a deixava ligeiramente desconcertada.

Ouviu a voz de Paul, vinda lá de trás.

— Há alguma coisa que se beba? Aí, no frigorífico, pergunto eu?

Adrienne teve de desviar algumas coisas, antes de poder procurar na prateleira inferior. Havia três garrafas, mantidas no lugar por um frasco de picles.

— Gosta de vinho?

— De que tipo?

Ela pousou o frango na bancada e puxou uma das garrafas.

— É um *Pinot Grigio*. Serve?

— Nunca provei. Costumo beber um *Chardonnay*. Tem algum?

— Não.

Paul atravessou a cozinha com as batatas na mão. Depois de as pousar em cima da bancada, pegou na garrafa de vinho. Adrienne viu-o analisar o rótulo antes de olhar para ela.

— Parece-me bem. Como é que será, se aqui diz que tem sabor a maçãs e a laranjas? Sabe onde é que podemos encontrar um saca-rolhas?

— Já o vi numa destas gavetas. Deixe-me procurar.

Abriu a gaveta por debaixo dos utensílios de cozinha, depois a seguinte, até que finalmente o descobriu.

Ao entregá-lo, os dedos roçaram pelos dele. Com uma série de movimentos rápidos, Paul tirou a rolha e pô-la de lado. Os copos estavam pendurados por debaixo do armário, perto do fogão. Tirou um e hesitou.

— Importa-se de que arranje um copo para si?

— Por que não? — respondeu Adrienne, ainda mal refeita da sensação de lhe ter tocado os dedos.

Ele encheu dois copos e passou-lhe um. Cheirou o vinho e bebeu um pequeno gole, levando Adrienne a imitá-lo. Ainda com o sabor do vinho nas papilas gustativas, deu consigo a tentar perceber o significado de tudo o que estava a acontecer.

— O que é que acha? — perguntou ele.

— É bom.

— Também penso o mesmo.

Fez o vinho rodar dentro do copo.

— Na realidade, é melhor do que eu pensava. Tenho de me lembrar do nome.

Adrienne sentiu um desejo súbito de recuar e deu um pequeno passo atrás.

— Vou pôr as coisas a mexer na cozinha.

— Acho que esse é o sinal para eu começar a trabalhar.

Achou a travessa dos assados por baixo do fogão. Paul pousou o copo na bancada e foi para junto do lava-louça. Abriu a torneira, ensaboou as mãos e esfregou-as. Ela reparou que ele esfregou a frente e as costas das mãos, além de esfregar um dedo de cada vez. Ligou o fogão, ajustou a temperatura e sentiu o gás incendiar-se.

— Há por aí um descascador? — perguntou Paul.

— Não consegui encontrar nenhum; por isso, acho de terá de se servir de uma faca. Faz-lhe diferença?

Paul riu-se à socapa.

— Acho que sou capaz de manejar uma coisa dessas. Sou cirurgião — respondeu.

Logo que ele proferiu a palavra, tudo passou a fazer sentido: as rugas da cara, a intensidade do olhar, a maneira de lavar as mãos. Por que é que não se lembrara antes? Paul colocou-se ao seu lado e pegou nas batatas, começando a lavá-las.

— Exercia em Raleigh? — perguntou ela.

— Costumava trabalhar lá. Vendi a clínica no mês passado.

— Reformou-se?

— De certo modo. Efectivamente, estou de viagem para o Equador para me juntar ao meu filho.

— No Equador?

— Se ele tivesse pedido a minha opinião, ter-lhe-ia recomendado o Sul de França, mas duvido de que ele me ouvisse.

Ela sorriu.

— Eles alguma vez o fazem?

— Não. Mas, devo confessar, eu também não dei ouvidos ao meu pai. Tudo isso faz parte do processo de crescimento, penso eu.

Por momentos, nenhum deles falou. Adrienne acrescentou diversos temperos ao frango. Paul iniciou a descasca das batatas, movendo as mãos com eficiência.

— Percebi que Jean está preocupada com a tempestade — comentou.

Ela olhou-o de relance.

— Como é que sabe?

— Pela maneira como atendeu o telefone. Calculei que estivesse a dar-lhe instruções sobre o que há a fazer para preparar a casa.

— É muito esperto.

— Vai ser difícil? Isto é, prestarei toda a ajuda necessária, se vier a precisar dela.

— Tenha cuidado, ou posso aproveitar a oferta. O meu ex-marido é que era bom com um martelo nas mãos, eu não. Aliás, falando francamente, ele também não era lá grande coisa.

— Sempre gostei de acreditar que é uma capacidade demasiado valorizada — respondeu Paul. Colocou a primeira batata na máquina de cortar e pegou numa outra. — Se me permite, gostaria de lhe fazer uma pergunta: há quanto tempo é que está divorciada?

Adrienne nem estava muito certa de querer falar no assunto mas, mesmo assim, deu consigo a responder.

— Dois anos. Mas ele saiu de casa um ano antes.

— Os miúdos vivem consigo?

— A maior parte do tempo. De momento, como estão no período de férias escolares, foram visitar o pai. E o seu, foi há quanto tempo?

— Há apenas uns meses. Tudo acabou em Outubro do ano passado. Mas ela também tinha saído de casa um ano antes.

— Foi ela quem saiu?

Paul assentiu.

— Pois foi, mas a culpa foi mais minha do que dela. Como raramente tinha o marido em casa, acabou por se fartar da situação. No lugar da Martha, acho que teria procedido da mesma maneira.

Adrienne ficou a cismar na resposta, pois o homem que estava ali a seu lado não se parecia nada com a descrição que fazia de si próprio.

— Qual era a sua especialidade na cirurgia?

A resposta fê-la levantar os olhos para ele. Paul continuou, como se quisesse antecipar-se às perguntas.

— Decidi-me por essa especialidade por gostar de pôr a descoberto os resultados do meu trabalho, sentindo, ademais, uma enorme satisfação por saber que estava a ajudar as pessoas. De início, tratava-se principalmente de trabalho de reconstrução, consequência de acidentes. Agora as pessoas vão ter com o médico para fazerem cirurgias plásticas. Nos últimos seis meses corrigi mais narizes do que alguma vez julgara possível.

— O que é que eu preciso de corrigir? — perguntou ela com ar brincalhão.

Ele abanou a cabeça.

— Absolutamente nada.

— A sério?

— Estou a falar a sério. Não alteraria coisa alguma.

— De verdade?

Levantou dois dedos.

— Palavra de escuteiro.

— Alguma vez foi escuteiro?

— Não.

Adrienne riu-se, mas não deixou de sentir as faces enrubescerem.

— Bom, tenho de lhe agradecer.

— Não tem de quê.

Quando acabou de preparar o frango, Adrienne meteu-o no forno, marcou o tempo e lavou novamente as mãos. Paul passou as batatas por água e deixou-as perto do lava-louça.

— E a seguir?

— Os tomates e os pepinos para a salada estão no frigorífico.

Paul passou por ela, abriu a porta e encontrou-os. Adrienne sentiu a água-de-colónia que ele usava a encher o pequeno espaço que havia entre eles.

— Como é que foi o seu crescimento em Rocky Mount? — perguntou ele.

Começou por nem saber o que havia de responder-lhe, mas passados minutos tinha entrado num género de conversa despretensiosa que era simultaneamente familiar e agradável. Contou histórias acerca do pai e da mãe, mencionou o cavalo que o pai lhe comprou quando fez doze anos, recordou as horas que ambos tinham passado a tratar do animal e como isso lhe tinha ensinado mais sobre a noção de responsabilidade do que qualquer outra tarefa de que se tinha encarregado até então. Descreveu os anos na universidade com gosto, mencionou a forma como tinha conhecido o Jack, numa festa de confraternização quase no final do primeiro ano. Namoraram-se dois anos, pelo que, quando se comprometeu no casamento, pensou que estava a tomar uma decisão para toda a vida. A partir daí, tornou-se menos segura, abanou ligeiramente a cabeça e mudou de assunto, para falar dos filhos e não ter de falar do divórcio.

Paul deixou-a falar enquanto ia preparando a salada, que finalizou com os quadradinhos de pão que ela comprara antes, só fazendo perguntas de vez em quando, para lhe lembrar de que ouvia com interesse o que ela estava a dizer-lhe. A animação demonstrada quando falava do pai, e depois dos filhos, fizeram-no sorrir.

Estava a anoitecer, as sombras começavam a alongar-se pela cozinha. Adrienne pôs a mesa e Paul despejou um pouco mais de vinho nos dois copos. Quando o jantar ficou pronto, tomaram lugar à mesa.

Paul encarregou-se da maior parte da conversa no decorrer do jantar. Falou-lhe da infância na herdade, descreveu-lhe as dificuldades por que teve de passar na faculdade, do tempo gasto a treinar corta-mato e falou-lhe de visitas anteriores aos Outer Banks. Quando lhe falou do pai, Adrienne ainda pensou em contar-lhe a doença do dela, mas recuou no último momento. Jack e Martha foram referidos apenas de passagem. Durante a maior parte do tempo a conversa ficou-se pela superfície dos assuntos e, de momento, nenhum estava pronto para aprofundar qualquer questão.

Na altura em que acabaram o jantar, o vento tinha amainado, era agora apenas uma brisa, e as nuvens tinham-se juntado, naquela calma que antecede a tormenta. Paul trouxe os pratos para o lava-louça e Adrienne guardou os restos no frigorífico. A garrafa de vinho estava vazia, a maré estava a encher e no horizonte distante começaram a aparecer as primeiras manchas de luz dos relâmpagos, fazendo bilhar o mundo lá de fora, como se alguém andasse por ali a tirar fotografias, na esperança de vir a recordar aquela noite para sempre.

OITO

Depois de ter ajudado a arrumar a cozinha, Paul fez um aceno de cabeça na direcção da porta das traseiras.

— Não gostava de me acompanhar num passeio pela praia? — perguntou. — Parece que está uma noite muito agradável.

— Não estará a ficar frio?

— De certeza, mas tenho a sensação de que, por uns dias, será a nossa última oportunidade de pôr os pés no exterior.

Adrienne foi à janela e olhou para fora. Podia ficar ali e acabar a limpeza da cozinha, mas essa tarefa podia esperar, não era?

— Muito bem — concordou —, só preciso de ir buscar um casaco.

O quarto de Adrienne ficava ao lado da cozinha, numa divisão que Jean tinha acrescentado havia uns dez anos. Era mais amplo do que os restantes quartos e tinha uma casa de banho, que fora concebida tendo por centro uma grande banheira com jacuzzi. Jean usava esta banheira com regularidade e, nas ocasiões em que Adrienne lhe telefonava por se sentir deprimida, aquele era o remédio que sempre recomendava para que a amiga se sentisse melhor.

— Do que tu precisas é de um banho prolongado, bem quente, relaxante — dizia habitualmente, esquecida do pormenor de Adrienne ter três filhos em casa, que monopolizavam as casas de banho e cujos horários nem sempre deixavam muito tempo livre para a mãe.

Adrienne tirou um casaco do armário e pegou num lenço. Deu uma olhadela ao relógio enquanto punha o lenço, ficando espantada com a velocidade com que as horas pareciam ter passado. Quando regressou à cozinha, Paul estava à espera dela, com o casaco já vestido.

— Está pronta? — perguntou.

Ela levantou a gola do casaco.

— Vamos. Mas tenho de o avisar de que não aprecio de maneira especial o tempo frio. O meu sangue sulista é um pouco aguado.

— Não vamos estar lá fora muito tempo. Prometo.

Estava a sorrir quando saíram e Adrienne levou a mão ao interruptor da lâmpada que iluminava os degraus. A caminhar lado a lado, subiram uma duna baixa e dirigiram-se para o areal compacto da praia.

Aquele começo de noite era de uma beleza exótica; estava uma aragem fria e cortante, que levava à sua frente a humidade com sabor a sal. No horizonte, os relâmpagos sucediam-se com regularidade, fazendo a camada de nuvens aparecer durante uns instantes. Ao olhar nessa direcção, reparou que Paul estava também a contemplar o céu. Os olhos dele, pensou, pareciam registar todos os pormenores.

— Já tinha assistido a algo semelhante? A relâmpagos assim? — perguntou ele.

— Durante o Inverno, não. No Verão acontece com frequência.

— Resultam da deslocação simultânea de duas frentes. Começou quando estávamos a jantar e quer parecer-me que esta tempestade vai ser maior do que estava previsto.

— Só espero que esteja enganado.

— É possível que esteja.

— Mas não acredita muito nisso.

Ele encolheu os ombros.

— Digamos apenas que se eu soubesse o que estava para vir, certamente teria tentado alterar as datas.

— Porquê?

— Já deixei de ser um entusiasta das grandes tormentas. Recorda-se do tufão Hazel? Em 1954?

— Claro, embora ainda fosse muito nova. Quando todas as luzes da casa se apagaram, fiquei mais excitada do que medrosa. E Rocky Mount não foi atingida com violência; o nosso bairro, pelo menos, não sofreu muito.

— Teve sorte. Eu tinha 21 anos na altura e estava na Universidade de Duke. Quando a tempestade foi anunciada, alguns rapazes da equipa de corta-mato pensaram que seria uma boa oportunidade para fortalecer o espírito de grupo e fomos para Wrightsville Beach, com a pretensão de fazermos a «festa do tufão». Não queria ir, mas como era o capitão de equipa, fui praticamente obrigado a concordar com a ideia.

— Não foi aí que o mar galgou a terra?

— Não foi exactamente nesse ponto, foi bastante perto. Na altura em que lá chegámos a maioria das pessoas já tinha deixado a ilha, mas éramos jovens e ignorantes, e continuámos o nosso caminho. A princípio, aquilo teve a sua piada. Organizámos turnos que tentavam inclinar-se contra o vento, sem perder o equilíbrio, sempre a perguntarmos a nós mesmos a razão de se dar tanta importância a tudo aquilo. Contudo, passadas umas horas, o vento tornou-se demasiado violento e acabou com as brincadeiras, enquanto a chuva formava uma verdadeira cortina, pelo que decidimos voltar para trás e seguir em direcção a Durham. Mas não conseguimos sair da ilha. As pontes tinham sido fechadas quando o vento ultrapassou os noventa quilómetros por hora; ficámos encurralados. A tempestade não deixava de piorar. Pelas duas da manhã, parecia que estávamos numa zona de guerra. As árvores eram arrancadas, os telhados desfaziam-se, víamos coisas, que nos podiam matar, virem de todas as direcções e a passarem rentes às janelas do carro. E o barulho era de uma intensidade que nunca teríamos conseguido imaginar. O carro continuava a ser massacrado pela chuva e surgiu a grande onda. Era a hora da praia-mar de uma noite de lua cheia, nunca vira ondas tão altas e estavam a vir na minha direcção, uma atrás de outra, em cadência rápida. Tivemos sorte por estarmos suficientemente afastados da praia, mas nessa noite vimos quatro casas a serem levadas na enxurrada. E então, quando não pensávamos que a situação pudesse piorar, os cabos de transporte de electricidade começaram a estourar. Vimos os transformadores explodirem, um após outro, e a ponta de um dos cabos atingiu o solo perto do nosso carro. Ficou a balouçar ao vento durante o resto da noite. Estava tão perto que vimos as faíscas e houve alturas em que quase atingiu o automóvel. Para além de rezar, não penso que qualquer de nós dissesse uma só palavra durante o resto da noite. Foi a coisa mais parva que fiz em toda a minha vida.

Adrienne não tirara os olhos dele durante o relato.

— Foi uma sorte não ter morrido.

— Eu sei.

Na praia, a violência das ondas provocava a formação de espuma que se parecia com bolas de sabão no banho de uma criança.

— Nunca tinha contado esta história — confessou Paul, passado algum tempo. — Quero dizer que nunca a contei a ninguém.

— Por que não?

— Porque, de certa maneira, aquilo não tinha nada a ver comigo. Nunca me tinha metido numa situação tão arriscada, nem voltei a fazer nada de semelhante. É como se tudo aquilo tivesse sucedido a outra pessoa. Para perceber, teria de me conhecer. Eu era o tipo de rapaz que não saía à sexta-feira para não me atrasar nos estudos.

Ela riu-se.

— Não quero acreditar!

— É verdade. Não saía.

Continuaram a caminhar pela areia endurecida e Adrienne olhou de relance para as casas que havia por detrás das dunas. Sentiu um baque, Rodanthe parecia uma vila fantasma, pois, para além das da estalagem, não havia quaisquer luzes acesas.

— Importa-se que lhe faça uma observação? — perguntou ela. — É que receio que me interprete mal.

— Não farei nada disso.

Deram mais alguns passos, com Adrienne à procura das palavras exactas.

— Bem... acontece que quando fala de si, para quem o ouve, é como se estivesse a falar de outra pessoa. Diz que costumava trabalhar demasiado, mas as pessoas assim não vendem as suas clínicas para irem para o Equador. Diz que nunca fez loucuras, mas a seguir conta-me uma aventura louca em que esteve envolvido. Só estou a tentar perceber.

Paul hesitou. Não tinha de dar explicações, não a ela, nem a ninguém, mas, enquanto caminhava sob um céu a tremeluzir, no início de uma noite fria de Janeiro, percebeu subitamente que gostava que ela o conhecesse, que o conhecesse de verdade, em todas as suas contradições.

— Tem razão — começou —, porque estou a falar de duas pessoas. Costumava ser o Paul Flanner, o miúdo esperto e trabalhador que cresceu para ser cirurgião. O tipo que trabalhava sem descanso. Ou o Paul Flanner, marido e pai, dono de uma grande casa em Raleigh. Porém, actualmente, não sou nada disso. Neste momento, estou apenas a tentar compreender quem é o verdadeiro Paul Flanner e, para lhe ser franco, começo a duvidar de que alguma vez venha a saber a resposta.

— Acho que toda a gente se sente assim de vez em quando. Mas ir para o Equador por causa disso, não é solução capaz de inspirar muitas pessoas.

— E pensa que eu vou por essa razão?

Deram uns passos em silêncio, antes de Adrienne olhar para ele.

— Não — acabou por dizer —, penso que vai por sentir necessidade de compreender o seu filho. — Viu a surpresa estampada na cara dele. — Não me foi difícil chegar a esta conclusão — continuou. — Quase não falou dele durante toda a tarde. Contudo, se pensa que a viagem o pode ajudar, fico satisfeita por saber que vai.

Paul sorriu.

— Pois bem, é a primeira pessoa a ficar satisfeita. Nem o próprio Mark ficou muito entusiasmado quando lhe anunciei que ia.

— Ele há-de ultrapassar essa fase.

— Acha que sim?

— Espero que sim. É isso que digo a mim própria quando tenho problemas com os meus filhos.

Ele soltou uma pequena gargalhada e apontou para o caminho percorrido.

— Quer voltar para trás? — perguntou.

— Só esperava ouvi-lo perguntar isso. Tenho as orelhas geladas.

Deram a volta, seguindo as próprias pegadas marcadas na areia. Embora a Lua não estivesse visível, as nuvens acima da cabeça deles brilhavam como a prata. Lá longe, ouviram ribombar o primeiro trovão.

— Como era o seu ex-marido?

— O Jack? — Adrienne hesitou, ponderando a hipótese de mudar de assunto, mas acabando por decidir que não tinha importância. A quem é que ele podia ir contar a história? — Ao contrário de si — acabou por dizer —, o Jack pensa que já encontrou o seu caminho. Muito simplesmente, decidiu-se a ir viver com outra pessoa quando ainda éramos casados.

— Lamento.

— Também eu. Ou, pelo menos, lamentei. Agora já não me faz muita diferença. Tento não pensar no assunto.

Paul recordou-se das lágrimas que lhe vira horas antes.

— E o sistema funciona?

— Não, mas continuo a tentar. Ao cabo e ao resto, que mais posso fazer?

— Pode ir para o Equador, em qualquer altura?

Ela fez um ar surpreendido.

— É claro, não seria engraçado? Posso chegar a casa e dizer algo assim: «Meninos tenho muita pena, mas agora estão por vossa conta. A mamã vai viajar durante uns tempos.» — Abanou a cabeça. — Não, por um período de tempo que não sei determinar, estou numa espécie de jaula. Pelo menos até estarem todos na universidade. De momento, carecem de toda a estabilidade que lhes puder proporcionar.

— Parece-me que estou a falar com uma boa mãe.

— Tento. Embora os meus filhos nem sempre pensem assim.

— Veja as coisas de outra perspectiva: quando eles tiverem os seus próprios filhos, pode ter a sua vingança.

— Decerto, conto com isso. Já estou a praticar. Que me dizes a umas batatas fritas antes do jantar? Não, é claro que não tens de arrumar o teu quarto. Certamente podes ficar a pé até tarde...

Paul voltou a sorrir, a sentir enorme prazer naquela conversa. A gostar dela. Na luz pálida da tempestade que se aproximava, parecia bela, e não conseguia perceber como é que o marido tinha podido deixá-la.

Regressaram lentamente a casa, cada um perdido nos seus próprios pensamentos, desfrutando os sons e os relâmpagos, sem sentirem necessidade de falar.

Era uma situação confortável, pensava Adrienne. Muitas pessoas pensam que o silêncio é um vazio que tem de ser preenchido, mesmo que não tenham nada de importante para dizer. Tinha aturado demasiadas situações dessas naquele circuito infindável de festas que tinha frequentado na companhia do Jack. Nessas alturas, os seus melhores momentos aconteciam quando conseguia escapar-se e passar uns minutos num alpendre discreto. Por vezes, calhava encontrar lá outra pessoa, alguém que não conhecia, mas quando os dois desconhecidos se viam, esboçavam um ligeiro cumprimento de cabeça, como que estabelecendo um pacto secreto. «Nada de perguntas, nada de conversa fiada... de acordo.»

Ali, na praia, essa sensação regressou. A noite estava fresca, o vento agitava-lhe os cabelos e afagava-lhe a pele. A sua sombra projectava-se para diante, movendo-se sobre a areia, sempre a mudar de feitio e a formar imagens quase irreconhecíveis que podiam desaparecer logo de seguida. O oceano era um turbilhão de negrume líquido. Sabia que Paul estava também a absorver todas aquelas sensações; também ele parecia consciente de que as palavras poderiam de certa maneira quebrar o encanto.

Caminharam imersos num silêncio de cumplicidade; a cada passada, Adrienne ficava mais consciente de que desejava passar mais tempo com aquele homem. Um sentimento que não tinha nada de estranho, pois não? Ele estava só, ela também, dois caminhantes solitários a desfrutarem de um pedaço de areal deserto, numa aldeola à beira do mar, chamada Rodanthe.

* * *

Depois de entrarem em casa, pararam na cozinha para se libertarem dos casacos. Adrienne pendurou o seu num cabide colocado ao lado da porta, juntamente com o lenço; Paul pendurou o dele ao lado.

Adrienne juntou as mãos e soprou através delas, observando Paul a olhar o relógio, e depois dar uma volta pela cozinha, como se ponderasse a ideia de dar o serão por terminado.

— Que tal uma coisa quente para bebermos? — apressou-se ela a oferecer. — Posso fazer uma cafeteira de descafeínado.

— Não tem chá? — perguntou Paul.

— Lembro-me de o ter visto por aí. Vou procurar.

Atravessou a cozinha, abriu o armário próximo do lava-louça, afastou umas coisas para o lado, apreciando o facto de poderem estar mais algum tempo juntos. Na segunda prateleira havia um pacote de *Earl Grey*; quando se voltou para o mostrar, Paul presenteou-a com um sorriso de aprovação. Passou por ele para ir buscar a chaleira, encheu-a de água, consciente de que estavam muito perto um do outro. Quando o chá ficou pronto, encheu duas chávenas e foram para a sala.

Voltaram aos seus lugares nas cadeiras de baloiço, apesar de agora, depois do Sol posto, o ambiente da sala ser bastante diferente. Se possível, no escuro, parecia ainda mais calmo e mais íntimo.

Beberam o chá e falaram de diversos assuntos durante mais uma hora; uma conversa fácil de amigos descuidados. Contudo, com o final do serão a aproximar-se, Adrienne deu consigo a fazer confidências acerca do pai e dos receios com que encarava o futuro.

Paul já vira antes muitos cenários como aquele; como médico, deparara com histórias daquelas regularmente mas, até ao momento, tinham sido apenas isso — histórias. Os seus pais tinham morrido e os da Martha estavam vivos e de boa saúde, na Florida; contudo, pela expressão de Adrienne, percebeu quanto devia dar graças por não ter de enfrentar um dilema semelhante.

— Haverá alguma coisa que eu possa fazer? — perguntou. — Conheço uma quantidade de especialistas que poderiam rever o processo clínico do seu pai, para vermos se há maneira de o ajudar.

— Obrigada pela oferta, mas não vale a pena; já fiz tudo isso. O último derrame deixou-o realmente mal. Mesmo que fosse possível proporcionar-lhe algumas melhoras, não penso que ele pudesse passar a viver sem assistência a todas as horas do dia e da noite.

— O que é que vai fazer?

— Não sei. Tenho a esperança de que o Jack mude de ideias e possa dar algum apoio adicional para suportar as despesas com o meu pai; pode ser que mude. Ele e o meu pai foram bastante amigos durante um tempo. Se não acontecer, acho que tenho de procurar um emprego com horário completo para conseguir fazer face às despesas.

— O Estado não dá nenhuma ajuda?

Logo que as palavras lhe saíram da boca, soube qual ia ser a resposta.

— Talvez lhe fosse reconhecido o direito à assistência, mas as boas instituições têm longas listas de espera e a maioria delas estão muito longe, o que me impediria de o ver com regularidade. — Fez uma pausa, com o pensamento a oscilar entre o passado e o presente. — Quando se reformou... — acabou por dizer —, fizeram-lhe uma pequena festa de despedida na fábrica; pensei que ele ia sentir falta da obrigação de ir trabalhar todos os dias. Tinha começado a trabalhar naquela fábrica aos 15 anos e, naqueles anos todos de operário, só tivera dois dias de baixa por doença. No meu cálculo, feito por alto, ele tinha passado quinze anos inteiros da sua vida metido dentro daquela fábrica; porém, quando lhe falei do meu receio, respondeu-me que não ia sentir saudades nenhumas. Que tinha grandes planos, agora que estava arrumado. — A expressão de Adrienne suavizou-se. — Queria dizer que planeava fazer as coisas que desejava, em vez de fazer aquilo a que era obrigado. Passar tempo comigo, com os netos, com os livros ou com os amigos. Depois de tudo o que tivera de suportar, merecia alguns anos de vida mais fácil, e então... — disse, ficando a meio da frase, até olhar Paul nos olhos. — Se o conhecesse, acho que gostaria dele.

— Decerto sim. E ele, gostaria de mim?

Adrienne sorriu.

— O meu pai gosta de toda a gente. Aquilo de que mais gostava, antes do derrame cerebral, era ficar a ouvir as pessoas a falarem e a tentar perceber como é que elas eram. Tinha uma paciência infinita, o que levava sempre as pessoas a abrirem-se com ele. Mesmo os estranhos. Contavam-lhe coisas que não contariam a mais ninguém porque sabiam que ele era de confiança. — Nova hesitação. — Quer saber a melhor recordação que tenho dele? — Paul arqueou ligeiramente as sobrancelhas. — Trata-se de uma frase que costumava dizer-me sempre, desde os meus tempos de criança. Por melhor ou pior que qualquer coisa me saísse, quer me sentisse triste ou alegre, o meu pai nunca deixava de dar-me um abraço e de dizer: «Tenho orgulho em ti.» — Ficou calada por instantes. — Não sei dizer o que há de especial nestas palavras, mas sempre me comoveram. Devo tê-las ouvido um milhão de vezes, mas de cada vez que as ouvia, tinha a certeza de que ele me amaria sempre, acontecesse o que acontecesse. O mais engraçado é que, com o passar dos anos, a frase se tornou motivo de brincadeira entre nós. No entanto, nem isso evitava que quando eu me estava a preparar para o deixar, ele acabasse por dizer o mesmo, fazendo com que me sentisse toda derretida por dentro.

Paul sorriu.

— Parece-me um homem notável.

— E é — respondeu Adrienne. Endireitou-se na cadeira. — E por ele ser um homem notável, vou fazer tudo para ele não ter de mudar de casa. Aquele é o melhor sítio do mundo para ele estar. Está perto de mim, os cuidados são de excepcional qualidade e, ainda mais importante, o meu pai é tratado como uma pessoa, não apenas como um doente. Merece um lugar assim, é o mínimo que posso fazer por ele.

— O seu pai tem a sorte de ter uma filha como você a olhar por ele.

— Eu também tenho sorte. — Olhava na direcção da parede, mas os olhos pareciam não estar a focar nada em particular. Então, abanou a cabeça, apercebendo-se subitamente do que acabava de dizer. — Tem estado a ouvir-me falar sem descanso. Desculpe.

— Não há nada que desculpar. Ainda bem que desabafou.

Com um ligeiro sorriso, Adrienne inclinou-se ligeiramente para diante.

— Da vida de casado, de que é que sente mais falta?

— Presumo que está a querer mudar de assunto.

— Achei que era a sua altura de falar.

— Desabafou tudo?

— Mais ou menos. Agora que despejei o saco, chegou a sua vez.

Paul fez um ar de resignação fingida e contemplou o tecto.

— Ora bem, de que é que sinto a falta — começou, juntando as mãos. — Acho que é da certeza de saber que tenho alguém à minha espera quando regressar do trabalho. Não era habitual chegar a casa cedo, muitas vezes a Martha já estava na cama. Mas o conhecimento de que ela estava lá dava à situação um ar de normalidade e de segurança, de as coisas serem como deviam ser. E você?

Adrienne pousou a chávena na mesa que estava entre as duas cadeiras.

— As coisas habituais. Uma pessoa com quem falar, com quem partilhar as refeições, aqueles beijos rápidos da manhã, antes de qualquer de nós ter lavado os dentes. Contudo, para ser franca, o problema são os miúdos, é a eles que o pai faz mais falta. É por causa deles que lamento já não ter o Jack em casa. Penso que as crianças pequenas precisam mais da mãe do que do pai mas, chegadas à adolescência, precisam do pai. Especialmente as raparigas. Não quero que a minha filha pense que os homens são uns estupores capazes de abandonar a própria família, mas como é que vou meter-lhe tal coisa na cabeça se foi isso que o pai dela nos fez?

— Não sei a resposta — respondeu Paul.

Adrienne abanou a cabeça.

— Os homens pensam neste tipo de coisas?

— Sim, os que são decentes. Como qualquer outra pessoa.

— Quanto tempo é que esteve casado?

— Trinta anos. E você?

— Dezoito.

— Só entre nós, seria de pensar que o problema estaria resolvido, não é?

— Qual? A chave para ser feliz depois do rompimento? Já deixei de pensar que haja solução.

— Não há, acho que tem razão.

Vindo do corredor, ouviram o som das badaladas do relógio do avô da Jean. Quando o som parou, Paul massajou o pescoço contraído pelo esforço de condução do carro. — Penso que estou pronto para ir deitar-me. Amanhã, o meu dia começa cedo.

— Eu sei. Estava justamente a pensar o mesmo.

Mas não se levantaram de imediato. Em vez disso, mantiveram-se mais alguns minutos juntos, imersos no mesmo silêncio que tinham partilhado na praia. De quando em vez, Paul lançava-lhe um olhar de lado, mas desviava os olhos antes de ela reparar.

Com um suspiro, Adrienne levantou-se da cadeira e apontou para a chávena dele.

— Posso levar a chávena para a cozinha. Vou para aqueles lados.

Ele sorriu quando lha entregou.

— Passei um serão agradável.

— Eu também.

Momentos depois, antes de se voltar para começar a fechar a estalagem, Adrienne viu Paul dirigir-se para a escada.

No quarto, depois de se ter libertado das roupas, abriu a mala para procurar um pijama. Ao fazê-lo, captou a própria imagem no espelho. Nada mal, embora, para ser honesta, tivesse de admitir que tinha a idade que parecia. Paul, pensou, tinha sido simpático ao dizer que o seu corpo não precisava de correcções de qualquer género.

Tinha passado muito tempo desde a última vez em que alguém a fizera sentir-se atraente.

Vestiu o pijama e saltou para a cama. Jean tinha uma pilha de revistas na mesa de cabeceira e esteve a passar os olhos pelos artigos, uns minutos antes de apagar a luz. Deitada no escuro, não conseguia esquecer-se do dia que acabara de passar. As conversas repetiam-se sem parar dentro da sua cabeça; via a forma como a boca dele se arreganhava num sorriso travesso de cada vez que dizia algo que Paul considerava engraçado. Andou durante uma hora às voltas, sem conseguir adormecer, cada vez mais frustrada e sem se aperceber de que num quarto do andar de cima, Paul Flanner estava exactamente na mesma situação.

NOVE

Apesar das venezianas fechadas e das cortinas corridas, que deveriam não deixar entrar a luz da manhã, Paul acordou ao nascer do dia de sexta-feira e passou os dez minutos seguintes a esticar-se para atenuar as dores que sentia por todo o corpo.

Abriu as venezianas para deixar entrar a luz da manhã. Havia uma neblina espessa por cima do oceano, o céu estava da cor do chumbo. Cúmulos de nuvens passavam apressados, rolando paralelos à linha de costa. A tempestade, calculou, deveria desabar sobre a zona ao cair da noite; mais provavelmente a meio da tarde.

Sentou-se na beira da cama para vestir o equipamento de corrida, a que acrescentou um blusão. Tirou mais um par de peúgas da gaveta da cómoda e enfiou-as nas mãos. Depois, desceu a escada com cuidado e olhou para todos os lados. Adrienne ainda não estava levantada, o que lhe provocou uma certa desilusão por não a ver, antes de pensar que, afinal, não tinha nada com isso. Abriu a porta e instantes depois começou a marchar pela areia, a aquecer para iniciar uma corrida mais regular.

Do seu quarto, Adrienne ouviu-o fazer ranger os degraus de madeira ao descer a escada. Sentando-se na cama, afastou os cobertores e enfiou os pés nos chinelos, lamentando-se por não ter ao menos uma chávena de café pronta para quando Paul acordasse. Não tinha a certeza de que ele quisesse beber café antes da corrida, mas não se perdia nada se tivesse feito a oferta.

Lá fora, os músculos e articulações de Paul começaram a descontrair-se, o que lhe permitiu aumentar a passada. Tinha um ritmo firme e repousado, muito longe da sua velocidade aos vinte ou trinta anos.

Para ele, a corrida nunca fora apenas um exercício físico. Tinha atingido um ponto em que correr já não tinha nada de difícil; oito quilómetros não pareciam exigir-lhe mais energia do que a leitura do jornal. Em vez disso, via aquilo como uma forma de meditação, como uma das poucas ocasiões em que podia estar só.

Estava uma manhã maravilhosa para correr. Embora tivesse chovido durante a noite e ainda houvesse gotas de água nos pára-brisas dos carros, o aguaceiro devia ter passado rapidamente pela zona, pois muitas das estradas já estavam secas. Pequenas nuvens de neblina brilhavam à luz da manhã, movendo-se como fantasmas entre as casas. Gostaria de ter corrido ao longo da praia, uma oportunidade de que nem sempre dispunha, mas decidira aproveitar a corrida para descobrir onde ficava a casa de Robert Torrelson. Correu pela estrada, passou pelo centro da vila, voltou na primeira esquina, os olhos a registarem a paisagem.

Na sua opinião, Rodanthe era exactamente o que parecia: uma velha aldeia de pescadores encavalitada à beira-mar, um lugar onde a vida moderna tinha entrado com lentidão. As casas eram todas de madeira, e embora houvesse algumas que se destacavam pelo arranjo, com pequenos quintais bem tratados e pequenas vedações de terra onde nasceriam flores logo que chegasse a Primavera, para qualquer lado que olhasse, eram bem evidentes as provas da dureza da vida na costa. Até algumas das casas que não teriam mais de uma dúzia de anos já apresentavam um aspecto decadente. As cercas e as caixas do correio estavam corroídas pelo mau tempo, a pintura a pelar, os telhados de chapa a mostrarem grandes manchas de ferrugem. Os quintais da frente das casas estavam pejados de objectos de uso comum nesta parte do mundo: botes a remos e motores velhos, redes de pesca usadas como decoração, cordas e correntes para manter os estranhos à distância.

Algumas das casas eram meras barracas, cujas paredes pareciam em equilíbrio precário, como se apenas estivessem à espera do próximo temporal forte para se deixarem derrubar. Em alguns casos, o alpendre da frente estava vergado e dava a impressão de que o dono da casa usara tudo o que tinha à mão para evitar que desabasse totalmente: blocos de betão ou pilhas de tijolos, ou barrotes que pareciam nascer do chão.

Mas havia actividade neste lugar, mesmo de manhã cedo, mesmo nas casas que pareciam abandonadas. Enquanto corria, viu fumo a sair das chaminés e observou homens e mulheres que estavam a entaipar as janelas com chapas de contraplacado. O som das marteladas enchia o ar.

Virou no quarteirão seguinte, verificou o nome da rua e continuou a correr. Minutos depois, virou para a rua onde vivia Robert Torrelson. Sabia que ele morava no número 34.

Passou pelo número 18, depois pelo 20 e levantou a cabeça para olhar para o fundo da rua. De olhar incrédulo, as pessoas interrompiam o trabalho para o verem passar a correr. Passou pela casa de Robert Torrelson momentos depois, fazendo o possível para não se tornar notado quando a observou pelo canto do olho.

A casa era semelhante à maioria das que havia naquela rua; não estava num estado de manutenção impecável, mas também não era uma barraca. Bem vistas as coisas, ocupava uma posição intermédia, como se homem e natureza tivessem chegado a um impasse na sua batalha pelo domínio da casa. Era uma habitação de um só piso, com mais de cem anos de idade, com tecto de zinco; sem algerozes, a pintura branca tinha sido manchada de cinzento pela água de mil temporais. No alpendre viam-se duas cadeiras de balouço desengonçadas, inclinadas uma para a outra, à volta das janelas havia uma linha simples de luzes de Natal.

Olhando na direcção das traseiras da propriedade, via-se um pequeno anexo com as portas da frente abertas. Lá dentro havia duas bancadas cobertas de redes e canas de pesca, baús e ferramentas. Havia dois croques encostados de encontro à parede, podendo ainda ver-se um impermeável amarelo, pendurado num cabide, logo a seguir à porta. Da sombra do interior emergiu um homem que transportava um balde.

O seu aparecimento apanhou Paul desprevenido e obrigou-o a voltar a cabeça, antes de o homem reparar que ele estava a olhar para a casa. Ainda era demasiado cedo e também não queria fazer a visita com o fato de treino vestido. Por conseguinte, Paul levantou o queixo para enfrentar a brisa, virou na esquina seguinte e tentou voltar ao ritmo de passada anterior.

Não foi tarefa fácil. Foi perseguido pela imagem do homem, sentindo-se mais pesado, cada passada mais difícil do que a anterior. Quando terminou, apesar do frio, tinha o rosto coberto de uma camada fina de transpiração.

Deixou de correr a algumas dezenas de metros da estalagem, fazendo o resto do percurso a andar para arrefecer as pernas. Da estrada, viu que a luz da cozinha já estava acesa.

Sorriu, por saber o que isso significava.

* * *

Enquanto Paul estava ausente, os filhos de Adrienne tinham telefonado e passara uns minutos a falar com cada um deles, satisfeita por saber que estavam felizes na companhia do pai. Um pouco mais tarde, à hora da abertura, ligou para a casa de repouso.

Embora o pai não estivesse em condições de atender o telefone, ela tinha arranjado as coisas de maneira a que Gail, uma das enfermeiras, respondesse por ele, o que aconteceu logo ao segundo toque.

— Mesmo na hora! — exclamou Gail. — Estava precisamente a dizer ao seu pai que a chamada devia estar mesmo a chegar.

— Como é que ele está hoje?

— Um pouco cansado mas, tirando isso, está óptimo. Espere um momento enquanto lhe chego o telefone ao ouvido, está bem?

Uns segundos depois, ao ouvir a respiração ofegante do pai, Adrienne fechou os olhos.

— Olá, papá — começou e, durante alguns minutos falou como se estivesse a visitá-lo, como falaria se estivesse lá, junto dele. Falou-lhe da estalagem e da praia, da tempestade e dos relâmpagos e, mesmo sem mencionar o Paul, ficou a pensar se o pai conseguiria notar aquele tremor na sua voz, o mesmo que ela sentia quando mencionava o nome dele.

* * *

Paul caminhou para os degraus da porta da frente e mal entrou chegou-lhe ao nariz o cheiro do bacon frito, como que a dar-lhe as boas-vindas. Momentos depois, Adrienne passou pela porta de vaivém.

Vestia calças de ganga e uma camisola azul-clara, que lhe acentuava a cor dos olhos. Vistos à luz da manhã, pareciam quase turquesa, fazendo pensar nos céus cristalinos da Primavera.

— Levantou-se cedo — saudou ela, a prender atrás da orelha uma mecha solta de cabelo.

Achando aquele gesto estranhamente sensual, Paul limpou o suor da testa.

— Pois foi, queria começar o que tenho a fazer durante o dia sem me preocupar com a corrida.

— Correu tudo bem?

— Já tive dias melhores mas, de qualquer maneira, está feita.

Transferiu o peso do corpo de um pé para o outro.

— A propósito, cheira muito bem aqui para estes lados.

— Comecei a fazer o pequeno-almoço enquanto esteve fora — disse apontando com a cabeça para a mesa. — Quer comer já ou prefere esperar um pouco?

— Se não se importa, prefiro tomar um duche antes de comer.

— Óptimo. De qualquer maneira, estava a pensar fazer papas de aveia, que levam vinte minutos a cozer. Como é que quer os ovos?

— Mexidos?

— Acho que consigo fazer isso — respondeu, a apreciar a franqueza do olhar dele e a tentar mantê-la visível por um instante mais. — Deixe-me ir tratar do bacon antes que se queime — acabou por dizer. — Vemo-nos dentro de minutos?

— Claro.

Depois de a ver seguir para a cozinha, Paul subiu a escada para o quarto, a abanar a cabeça e a pensar que bem que ela lhe tinha parecido. Despiu-se, passou a camiseta por água e pendurou-a por cima do varão da cortina, antes de abrir a torneira. Como Adrienne avisara, a água quente levou algum tempo a aparecer.

Tomou duche, barbeou-se, vestiu umas *Dockers* e uma camisa, calçou mocassins e desceu para se juntar a ela. Adrienne tinha posto a mesa na cozinha e estava a acomodar as duas últimas travessas: uma com tostas e outra com fruta cortada aos pedaços. Quando Paul passou por ela, veio-lhe ao nariz um odor suave a jasmim, proveniente do champô que ela tinha utilizado de manhã.

— Espero que não se importe que volte a acompanhá-lo — disse ela.

Paul afastou uma cadeira para ela se sentar.

— De maneira nenhuma. De facto, esperava que o fizesse. Faça favor — concluiu, fazendo o gesto de a convidar a sentar-se.

Adrienne esperou que ele puxasse a cadeira para ela, ficando à espera até ele se sentar também. — Tentei surripiar um jornal — disse —, mas a prateleira do supermercado já estava vazia quando lá cheguei.

— Não me surpreende. Logo pela manhã havia muitas pessoas fora de casa. Acho que está toda a gente a pensar como é que vai ser a tempestade de hoje.

— O tempo não me parece pior do que ontem.

— Diz isso porque não vive aqui.

— Você também não vive aqui.

— Não, mas já tive de suportar uma grande tempestade. Efectivamente, já lhe contei o que se passou quando estava na universidade e fomos a Wilmington...

Adrienne soltou uma gargalhada.

— E jurou que nunca tinha contado essa história.

— Agora, quebrado o gelo, acho que me é mais fácil contá-la. É a minha única história de jeito. Todas as outras são maçadoras.

— Duvido. Pelo que me contou, estou a pensar que a sua vida foi tudo menos maçadora.

Sorriu, sem saber se aquilo era um elogio; satisfeito, mesmo assim.

— O que é que Jean disse que tinha de ser feito hoje?

Adrienne serviu-se de ovos mexidos e passou-lhe a travessa.

— Bem, a mobília do alpendre tem de ser guardada no barracão. As janelas têm de ser fechadas e os fechos interiores das venezianas têm de ser corridos. A seguir, é preciso colocar as protecções contra tufões. É suposto que se encaixem numas calhas e há uns ganchos para as manter no lugar; depois prendemo-las com ripas de madeira. As ripas de madeira deverão estar empilhadas juntamente com as protecções contra tufões.

— Espero que haja uma escada.

— Também está debaixo da casa.

— Não me parece assim tão difícil. No entanto, como disse ontem, não me importo de ajudar; terá é de ser para o fim da manhã, depois de eu regressar.

Adrienne olhou para ele.

— Tem a certeza? Nada o obriga a fazer isso.

— Não tem importância. De qualquer modo, não tenho mais nada planeado. E, para lhe ser franco, seria impossível manter-me sentado dentro de casa, sabendo que você estava lá fora a fazer o trabalho todo. Mesmo sendo o hóspede, acabaria por sentir-me culpado.

— Obrigada.

— Não tem de quê.

Acabaram de servir-se, encheram as chávenas de café e começaram a comer. Paul ficou a vê-la momentaneamente absorvida na tarefa de barrar uma tosta com manteiga. À luz cinzenta da manhã, era bonita, ainda mais bonita do que lhe parecera no dia anterior.

— Vai falar com aquela pessoa que mencionou ontem?

Paul assentiu.

— Após o pequeno-almoço — respondeu.

— Não me parece que a ideia lhe agrade muito.

— Não sei como avaliar a situação.

— Porquê?

Após uma ligeiríssima hesitação, Paul falou-lhe de Jill e de Robert Torrelson: da operação, da autópsia e de tudo o que acontecera depois, incluindo o bilhete que tinha recebido pelo correio. Quando ele terminou, Adrienne pareceu analisar a situação.

— E não faz ideia nenhuma daquilo que ele quer?

— Presumo que tenha a ver com o processo.

Adrienne não estava assim tão segura disso, mas não disse nada. Em vez disso, pegou no bule do café.

— Bem, aconteça o que acontecer, penso que está a agir correctamente. Tal como está a fazer em relação ao Mark.

Paul ficou calado, mas também não tinha necessidade de dizer o que quer que fosse. O facto de ela ter compreendido era mais do que suficiente.

Era tudo o que pretendia de momento e, embora a tivesse conhecido apenas na véspera, sentia que de certa forma ela já o conhecia melhor do que a maioria das pessoas.

Ou, provavelmente, melhor do que ninguém.

DEZ

Depois do pequeno-almoço, Paul entrou no carro e pescou as chaves do bolso do casaco. Adrienne acenou-lhe do alpendre, como a desejar-lhe boa sorte. Instantes depois, a olhar por cima do ombro, Paul começou a recuar para percorrer a vereda e entrar na estrada.

Em poucos minutos chegou à rua onde morava Torrelson; embora pudesse ter vindo a pé, não fazia ideia da rapidez com que o tempo podia piorar e não queria ser apanhado pela chuva. Nem queria ficar encurralado em casa daquele homem se a reunião desse para o torto. Mesmo sem saber o que o esperava, tinha decidido contar-lhe tudo o que acontecera com a operação, mas não entraria em especulações acerca da causa da morte de Jill Torrelson.

Abrandou, arrumou de um lado da estrada e desligou o motor. Ficou sentado por momentos e depois saiu do carro para percorrer o caminho particular até à casa. O vizinho do lado estava em cima de uma escada a pregar uma placa de contraplacado numa janela. Olhou Paul lá de cima, tentando descobrir quem seria. Paul ignorou-o, acercou-se da porta de Torrelson e bateu, recuando um passo para ficar com espaço de manobra.

Como ninguém apareceu, tornou a bater, mas desta vez ficou à escuta de qualquer movimento no interior. Nada. Percorreu o alpendre. Não viu ninguém, embora as portas do anexo continuassem abertas. Ainda pensou em chamar alto, mas decidiu não o fazer. Tirou uma caneta e arrancou uma folha de um dos blocos com que atafulhara a bolsa de médico.

Escreveu o nome e o endereço onde podia ser contactado, bem como uma mensagem curta a dizer que, se Robert ainda tivesse interesse em lhe falar, estaria na cidade e só partiria na manhã de terça-feira. Dobrou a folha e levou-a até ao alpendre, metendo-a pela fresta da porta e tendo o cuidado de evitar que voasse. Já estava de regresso ao carro, simultaneamente desgostoso e aliviado, quando ouviu uma voz atrás de si.

— Deseja alguma coisa?

Quando se virou, Paul não reconheceu o homem que estava de pé junto da casa. Apesar de não se lembrar do aspecto de Torrelson — um rosto no meio de milhares — sabia que nunca tinha visto este homem. Era um jovem, de 30 anos, talvez um pouco mais, magro e de cabelo escuro ralo, vestido com uma camisa e calças de trabalho. Encarava Paul com o mesmo ar de desconfiança que ele já tinha notado no vizinho na altura da chegada.

Paul pigarreou.

— Sim — começou. — Procuro Robert Torrelson. É aqui que ele mora?

O homem aquiesceu, sem mudar de expressão.

— É, ele vive aqui. É o meu pai.

— Está em casa?

— O senhor é do banco?

Paul abanou a cabeça.

— Não. Chamo-me Paul Flanner.

O homem levou algum tempo a recordar-se do nome. Semicerrou os olhos.

— O médico?

Paul assentiu.

— O seu pai escreveu-me uma carta a dizer que queria falar comigo.

— Para quê?

— Não sei.

— Ele não me falou de carta nenhuma.

À medida que falava, os músculos do queixo começavam a ficar tensos.

— Pode dizer-lhe que estou aqui?

O homem enfiou o polegar no cinto.

— Não está em casa.

Disse aquilo ao mesmo tempo que relanceava o olhar na direcção da casa, levando Paul a duvidar de que ele estivesse a dizer a verdade.

— Pode ao menos dizer-lhe que eu passei por cá? Deixei-lhe um bilhete numa frincha da porta a dizer onde me pode encontrar.

— Ele não quer falar consigo.

Paul olhou para baixo, acabando por levantar os olhos de novo.

— Ele é que deve decidir isso, não acha?

— Quem diabo é que você se julga? Pensa que pode vir aqui para tentar safar-se do que fez, com uma simples conversa? Como se tudo não passasse de um erro ou coisa parecida? — Paul ficou calado. Sentindo a hesitação do médico, o homem deu um passo na direcção dele e continuou, levantando a voz. — Ponha-se a andar daqui para fora! Nunca mais ponha os pés aqui e o meu pai também não o quer ver!

— Óptimo... muito bem...

O homem pegou numa pá e Paul levantou os braços, recuando.

— Eu vou...

Paul rodou sobre os calcanhares e dirigiu-se para o carro.

— E não volte — berrou o homem. — Acha que ainda não nos fez mal que chegue? A minha mãe morreu por sua causa!

Paul esquivou-se da torrente de palavras, acusou o toque e entrou no carro. Ligou o motor e arrancou, sem olhar para trás.

Não viu que o vizinho tinha descido da escada para falar com o homem mais novo; não viu que este tinha atirado com a pá para longe. Não reparou que, dentro de casa, alguém tinha arredado a cortina da sala e voltara a fechá-la.

Nem viu que a porta da frente se abriu, nem a mão enrugada que apanhou o bilhete caído no alpendre.

* * *

Minutos depois, Adrienne estava a ouvir o relato que Paul lhe fazia dos acontecimentos. Encontravam-se na cozinha e Paul falava encostado à bancada, de braços cruzados e o olhar perdido num ponto para lá da janela. Tinha uma expressão vazia, ausente; parecia muito mais cansado do que no início da manhã. Quando terminou, a cara de Adrienne mostrava uma mistura de simpatia e de preocupação.

— Tentou, pelo menos.

— Com excelentes resultados, não foi?

— Talvez ele não soubesse nada acerca da carta do pai.

Paul abanou a cabeça.

— Não se trata apenas disso. Tudo vai entroncar na razão que me levou a vir aqui. Pretendi saber se podia encontrar uma forma de resolver a questão ou, pelo menos, torná-la compreensível, mas não vou ter essa oportunidade.

— Mas a culpa não é sua.

— Então, por que é me sinto culpado?

No silêncio que se seguiu, Adrienne até conseguiu ouvir os estalidos do aquecimento.

— Porque se preocupa. Porque mudou.

— Nada mudou. Continuam a pensar que eu a matei — disse, respirando fundo. — Consegue imaginar o que se sente quando alguém pensa uma tal coisa de nós?

— Não — admitiu ela. — Não consigo. Nunca tive de lidar com uma situação dessas.

Paul aquiesceu; parecia exausto.

Adrienne ficou na expectativa, a ver se a expressão dele mudava e quando não mudou, deu consigo a caminhar na direcção dele e a pegar-lhe na mão. Uma mão hirta, que se descontraiu quando os dedos de Paul se entrecruzaram com os dela.

— Por muito que lhe custe aceitar isso, seja o que for que alguém lhe possa dizer — começou Adrienne, cautelosamente —, tem de perceber que mesmo que falasse com o pai desse rapaz esta manhã, o mais provável era que não conseguisse modificar a opinião do filho. O homem está a sofrer e para ele é mais fácil culpar alguém, como o médico, do que aceitar o facto de o tempo de vida da mãe ter chegado ao fim. E, qualquer que seja a sua opinião sobre a forma como o encontro decorreu, ir lá foi uma decisão muito importante.

— O que é que quer dizer com isso?

— Ouviu o que o filho tinha a dizer. Mesmo que ele esteja errado, deu-lhe a oportunidade de exprimir o que sente. Permitiu que ele tirasse aquele peso do peito e, afinal, provavelmente era a única coisa que o pai dele queria. Como sabe que o caso não vai chegar a julgamento, quis que você ouvisse pessoalmente a sua versão da história. Para saber o que custa.

Paul riu-se sem vontade.

— Isso faz-me sentir muito melhor.

Adrienne apertou-lhe a mão.

— O que é que esperava? Que ouvissem o que tinha para lhes dizer e que aceitassem tudo passados uns minutos? Depois de terem contratado um advogado e prosseguido com o processo, mesmo sabendo que não têm hipóteses de ganhar? Depois de ouvirem o que os outros médicos todos tinham para dizer? Queriam que lá fosse para ouvir, em pessoa, aquilo que eles tinham a dizer. Não era o contrário, não queriam ouvir mais explicações. — Paul não disse palavra; porém, no fundo, sabia que ela tinha razão. Porquê, então, não tinha percebido antes? — Sei que não lhe foi fácil ouvir — continuou Adrienne —, sei que eles estão equivocados e que não é justo que lhe atribuam as culpas. Contudo, hoje deu-lhes algo importante e, mais do que isso, fez aquilo que não era obrigado a fazer. Pode orgulhar-se do seu gesto.

— Nada do que aconteceu foi uma surpresa para si, pois não?

— Nada, efectivamente.

— Esta manhã já sabia o que ia acontecer? Quando lhe falei acerca deles pela primeira vez?

— Não tinha a certeza, mas pensei que a cena pudesse desenrolar-se dessa forma.

Um breve sorriso perpassou pelo rosto dele.

— Você é única, sabia?

— E isso é bom ou é mau?

Paul fez mais pressão na mão dela, a pensar que sentia prazer ao fazê-lo. Parecia-lhe um gesto natural, uma coisa que tivesse passado anos a fazer.

— É uma grande qualidade — afirmou.

Voltou a cara para ela, a sorrir com simpatia e, de súbito, Adrienne apercebeu-se de que ele estava a pensar beijá-la. Por muito que ela o desejasse, o seu lado racional recordou-lhe abruptamente que era sexta-feira. Tinham-se conhecido no dia anterior e ele não tardava a ir-se embora. E ela também. Além do mais, não era a verdadeira Adrienne que estava ali, ou era? Esta não era a verdadeira Adrienne, mãe e filha cheia de preocupações, ou a esposa que tinha sido trocada por outra mulher, ou a senhora que catalogava livros na biblioteca. Neste fim-de-semana era alguém diferente, alguém que mal conhecia. O tempo passado na estalagem tinha parecido um sonho e, por muito agradáveis que os sonhos sejam, são apenas sonhos e nada mais.

Deu um pequeno passo atrás. Vislumbrou o ar de desapontamento quando lhe largou a mão, que desapareceu logo que ele voltou a cabeça.

Ela sorriu, a tentar não ser traída pela voz.

— Continua disposto a ajudar-me a preparar a casa? Enquanto o tempo o permite?

Paul acenou que sim.

— Claro. Dê-me uns minutos para mudar de roupa.

— Tem tempo. De qualquer maneira, ainda tenho de dar um salto à loja. Esqueci-me de comprar gelo e uma geleira, para poder manter alguma comida fresca no caso de faltar a electricidade.

— Está bem.

Adrienne fez uma pausa.

— Fica bem?

— Fico óptimo.

Ficou mais um pouco, como a dizer-lhe que acreditava nele, e saiu. Não havia dúvidas, pensou, de que agira correctamente. Fizera bem em se afastar dele, largar-lhe a mão fora uma decisão acertada.

No entanto, ao sair por aquela porta, não conseguia deixar de sentir que tinha voltado as costas à possibilidade de obter aquela dose de felicidade cuja falta vinha a sentir desde há muitos anos.

* * *

Paul estava no andar de cima quando ouviu o carro de Adrienne arrancar. Voltando-se para a janela, ficou a olhar o rebentamento das ondas, ao mesmo tempo que tentava compreender o que tinha acabado de acontecer. Uns minutos antes, quando olhara para

Adrienne, sentira um frémito muito especial, que desapareceu com a mesma rapidez com que tinha aparecido; a expressão que vira na cara dela explicou-lhe porquê.

Compreendia as reservas de Adrienne. Afinal, todos viviam num mundo definido por certas normas, que nem sempre admitem a espontaneidade, ou as tentativas repentinas de vivermos o momento que passa. Sabia que eram essas mesmas normas que permitiam a prevalência de uma certa ordem na vida de cada pessoa, apesar de, nos últimos meses, as suas acções terem representado tentativas de desafiar os limites, de rejeitar a própria ordem que tinha adoptado durante tanto tempo.

Não era justo esperar que ela agisse da mesma maneira. Estava numa posição diferente; tinha responsabilidades e, como tornara bem claro na noite anterior, essas responsabilidades requeriam estabilidade e ausência de surpresas. Ele próprio também tinha sido assim e embora agora estivesse em condições de viver de acordo com normas diferentes, a Adrienne, percebia-o agora, não estava.

No entanto, algo tinha mudado no curto espaço de tempo em que ele permanecera ali.

Não sabia exactamente o momento em que tinha acontecido. Poderia ter sido no dia anterior, quando caminhavam pela praia, ou da primeira vez em que ela lhe falou do pai, ou até naquela manhã quando tinham tomado o pequeno-almoço juntos, à luz fraca da lâmpada da cozinha. Ou talvez tivesse acontecido quando deu por ele a segurar-lhe na mão, não desejando mais nada que não fosse que os seus lábios aflorassem os dela.

Também não interessava. Só tinha a certeza de começar a estar apaixonado por uma mulher chamada Adrienne, que se tinha encarregado de tomar conta da estalagem de uma amiga, numa pequena cidade da Carolina do Norte.

ONZE

Robert Torrelson estava na sala, sentado à sua velha secretária de tampo de correr, a ouvir o filho a entaipar as janelas das traseiras da casa. Tinha na mão o bilhete deixado por Paul Flanner, que dobrava e desdobrava com ar ausente, ainda admirado com a vinda do médico.

Não esperara que viesse. Apesar de ter escrito a carta, sempre julgara que Paul Flanner o deixaria sem resposta. Flanner era um médico proeminente da cidade, representado por advogados que usavam gravatas de marca e cintos da moda, nenhum dos quais, passado um ano, revelara qualquer consideração em relação a ele ou à sua família. Os ricaços da cidade eram assim mesmo; quanto a si, sentia-se feliz por nunca ter sido obrigado a viver junto de pessoas que ganham a vida a prejudicar os outros e se sentem mal se a temperatura do local de trabalho não for exactamente de 22ºC. Também não gostava de lidar com pessoas que, por terem melhores habilitações, serem mais ricas ou donas de uma casa maior, se julgavam superiores a outras. Quando o tinha conhecido, após a operação, ficara com a ideia de que Paul Flanner era um indivíduo desse género. Mostrou-se rígido e distante; embora tivesse dado explicações, a forma seca como proferiu as palavras tinha deixado Robert com a sensação de que aquele homem não perderia um minuto de sono por causa do que tinha acontecido.

O que não era justo.

A vida de Robert tinha sido pautada por valores diferentes, valores que tinham sido honrados pelo avô e pelo bisavô e, antes, pelos avós dos avós. Sabia que a sua família se estabelecera nos

Outer Banks havia quase duzentos anos e conhecia a respectiva genealogia. Os Torrelson tinham pescado nas águas de Pamlico Sound geração após geração, desde os tempos em o que peixe era tão abundante que bastava um lançamento da rede para o pescador conseguir encher o barco. No entanto, a situação tinha mudado. Agora havia as quotas, os regulamentos e as grandes empresas, toda a gente em busca de peixe, que cada vez aparecia em menor quantidade. Nos tempos actuais, Robert considerava-se feliz se, em metade das vezes em que se metia no barco, conseguisse pescar o suficiente para pagar o combustível necessário.

Robert Torrelson tinha 67 anos, mas parecia dez anos mais velho. O rosto mostrava as marcas das intempéries, o corpo estava lentamente a perder a batalha contra o tempo. Tinha uma grande cicatriz que ia do olho esquerdo até à orelha. A artrite provocava-lhe dores nas mãos, o dedo anelar da mão direita faltava-lhe desde o dia em que ficara preso no guincho que puxava a rede.

Mas Jill não se importava com nenhuma dessas coisas. E agora, Jill estava morta.

Havia uma fotografia da mulher em cima da secretária e Robert continuava a olhar para ela sempre que se encontrava sozinho na sala. Tinha saudades de tudo o que lhe dizia respeito; sentia a falta das mãos da mulher, que lhe esfregavam os ombros quando chegava a casa nas tardes frias, sentia falta das ocasiões em que ficavam juntos no alpendre das traseiras, a ouvir música no rádio, sentia a falta do cheiro do peito da mulher depois de ela o empoar, um odor simples, a lavado, fresco como o de um recém-nascido.

Paul Flanner tinha-lhe roubado tudo. Sabia que Jill ainda estaria ali a fazer-lhe companhia, se não tivesse ido para o hospital naquele dia.

O filho tivera uma oportunidade. Agora, chegara a sua vez de agir.

* * *

Adrienne arrumou o carro no parque de gravilha do supermercado, após a curta viagem desde a estalagem, deixando escapar um suspiro de alívio ao ver que o estabelecimento ainda estava aberto.

Havia mais três carros arrumados ao acaso, cada um revestido de uma fina camada de sal. À porta, estavam dois homens idosos, com bonés de basebol, a fumar e a beberem café. Ficaram a observar Adrienne a sair do carro e calaram-se, inclinando a cabeça num cumprimento quando ela passou por eles a caminho da loja.

O supermercado era um estabelecimento típico das zonas rurais; um soalho de madeira já gasto, ventoinhas suspensas do tecto, prateleiras com milhares de artigos apertados uns nos outros. Perto da caixa registadora havia uma pequena barrica com picles de pepino para venda; a seguir, outra com amendoins torrados. No fundo, via-se um grelhador de pequenas dimensões, que vendia hambúrgueres acabados de fazer e sanduíches de peixe; embora não se visse ninguém atrás do balcão, o odor dos fritos enchia o ar.

A máquina do gelo estava no canto mais afastado da entrada, ao lado das geladeiras com garrafas de cervejas e refrigerantes. Foi para lá que Adrienne se dirigiu. Ao pegar no puxador para abrir a geladeira deu de cara com a sua imagem reflectida no brilho da porta. Parou um instante, como se estivesse a ver-se com olhos diferentes.

Quando tempo teria passado, perguntou a si mesma, desde a última vez em que alguém a achara atraente? Ou que alguém acabado de conhecer a tentara beijar? Se as perguntas lhe tivessem sido feitas antes de vir tomar conta da estalagem, teria respondido que nada disso acontecera desde o dia em que Jack tinha saído de casa. O que não era exactamente verdade, pois não? De qualquer modo, a situação agora era diferente. Jack tinha sido o seu marido, não era nenhum estranho e, contando os dois anos que durara o namoro, tinham passado quase vinte e cinco anos desde a última vez que passara por uma situação semelhante.

É certo que, se Jack não a tivesse deixado, viveria perfeitamente, sem pensar duas vezes no assunto; contudo, aqui e agora, considerava que tal já não era possível. Tinha passado mais de metade da sua vida sem despertar o interesse de um homem atraente e, por muito que quisesse convencer-se de que as razões para lhes voltar as costas tinham sido produto do bom senso, também não podia deixar de pensar que uma falta de prática de vinte e três anos não deixava de ter a sua importância.

Não podia negar o seu interesse pelo Paul. Não só por ele ser bonito e interessante, ou até fascinante à sua maneira. Não se tratava apenas do facto de ele a ter achado desejável. Não, o que achava mais interessante era o desejo dele de mudar, de ser uma pessoa melhor do que fora até então. Tinha conhecido pessoas como ele, pois era frequente que médicos e advogados fossem viciados no trabalho, mas ainda não tinha encontrado ninguém que não só tomara a decisão de alterar as normas que governavam a sua vida, como também o fizera de uma forma que deixaria aterrorizada a maioria das pessoas.

Havia, sem sombra de dúvida, algo de nobre em tudo aquilo. Ele queria remediar os defeitos que reconhecia em si próprio, queria construir uma relação com o filho de que estava afastado, tinha vindo àquela terra porque um estranho, que lhe exigia uma reparação, lhe escreveu um bilhete a pedir que viesse.

Que tipos de pessoas é que fazem coisas destas? Que tipo de força é preciso possuir? Ou quanta coragem? Mais do que a que tinha, pensou. Mais do que a de qualquer pessoa das suas relações; além de que, por mais que desejasse negá-lo, estava-lhe grata por ele a ter achado interessante.

Enquanto reflectia nestas questões, pegou nos dois últimos sacos de gelo e numa geladeira, dirigindo de seguida para a caixa. Depois de pagar, saiu e caminhou para o carro. Quando saiu, um dos idosos ainda estava sentado no alpendre e cumprimentou-o ao passar; a expressão de Adrienne era a de alguém que, num mesmo dia, tivesse assistido a um casamento e a um funeral.

* * *

Enquanto ela esteve ausente, o céu tinha-se tornado mais escuro e o vento dificultou-lhe a saída do carro. O vento tinha começado a uivar à medida que rodopiava à volta da estalagem, um som fantasmagórico, como de uma flauta espectral que tocava uma só nota. As nuvens corriam e juntavam-se, mudando de forma ao passarem. O oceano era um campo de pontos brancos, as ondas batiam com força, tendo já ultrapassado as marcas da maré alta do dia anterior.

Quando estava a pegar nos sacos de gelo, viu Paul aparecer de detrás do portão.

— Não me diga que começou sem mim? — gritou.

— Não, nada disso. Só estive a assegurar-me de que temos tudo o que é necessário.

Apontou para os sacos.

— Precisa de ajuda?

Adrienne negou com a cabeça.

— Já agarrei tudo. Não é pesado.

Dirigiu-se para a porta. — Mas vou começar pelo interior. Importa-se de que entre no seu quarto para fechar as venezianas?

— Não, avance. Não me importo nada.

Depois de entrar, instalou a geleira perto do frigorífico, abriu os sacos do gelo com a faca de cortar a carne e despejou-os na geleira. Pegou num pedaço de queijo, na fruta que tinha ficado do pequeno-almoço e no resto do frango da noite anterior, empilhando tudo em cima do gelo, a pensar que, não sendo uma refeição para apreciadores de boa mesa, serviria perfeitamente se não houvesse mais nada disponível. E vendo que ainda havia espaço, conseguiu lá meter uma das duas garrafas de vinho, sentindo um frémito proibido com a ideia de mais tarde a partilhar com o Paul.

A tentar afastar a ideia da cabeça, passou os minutos seguintes a assegurar-se de que todas as janelas estavam fechadas, a prender as persianas do piso térreo pela parte de dentro. Subiu a escada, começou por preparar os quartos que estavam vagos, deixando para o fim o quarto onde ele tinha dormido.

Abriu a porta e entrou, reparando que Paul tinha feito a cama. Os sacos de viagem estavam dobrados junto da cómoda; as roupas que vestira pela manhã já tinham sido arrumadas, os mocassins estavam no chão, junto à parede, com as biqueiras viradas para fora. Os seus filhos, pensou para si mesma, teriam muito que aprender com aquele homem acerca das vantagens da manutenção dos respectivos quartos bem arrumados.

Fechou uma pequena janela da casa de banho e, ao fazê-lo, espiou o creme e o pincel da barba colocados junto da máquina de barbear. Tudo junto da bacia do lavatório, ao lado de um frasco de loção para depois da barba. Mesmo sem querer, veio-lhe à mente a imagem dele naquela manhã, de pé em frente do lavatório; e ao imaginá-lo ali, o instinto dizia-lhe que Paul desejara poder tê-la ali, a seu lado.

Abanou a cabeça, sentindo-se como uma adolescente a espreitar para o quarto dos pais, e dirigiu-se para a janela ao lado da cama. Enquanto estava a fechá-la, viu Paul transportar uma das cadeiras de balouço do alpendre para a guardar debaixo da casa.

Mexia-se como se fosse vinte anos mais novo. Jack não era assim. Com a passagem dos anos e devido aos muitos coquetéis, o ex-marido ficara mais grosso na parte média do corpo e a barriga entrava em trepidação logo que ele tentava qualquer tipo de actividade física.

Mas Paul era diferente. Paul, tanto quanto ela sabia, era diferente de Jack em todos os aspectos; e foi ali, no quarto dele, no primeiro andar, que Adrienne notou pela primeira vez aquele sentimento de antecipação ansiosa, uma sensação semelhante à que o jogador deve sentir quando espera ter sorte no lançamento seguinte dos dados.

* * *

Paul encontrava-se debaixo da casa, a preparar tudo.

As protecções contra tufões eram de chapa ondulada de alumínio, de 0,75 m de largo por 1,80 m de comprido, e cada uma tinha uma marca permanente que indicava a janela da casa que teria de proteger. Paul começou a tirá-las da pilha e a pô-las de lado, juntando-as por grupos, sempre a esboçar mentalmente tudo o que tinha de fazer.

Estava a acabar quando Adrienne desceu. A trovoada ainda estava longe, mas os trovões pareciam ribombar logo acima do mar. Notou que a temperatura tinha começado a descer.

— Como é que isso vai? — perguntou. Aquele tom de voz, pensou, não parecia o seu, como se as palavras tivessem sido ditas por outra mulher.

— É mais fácil do que tinha pensado — respondeu ele. — Só tenho de procurar a chapa reservada a cada uma das janelas, enfiá-la nas calhas e colocar estes grampos.

— E quanto às ripas de madeira para as manter no lugar?

— Também não é nada difícil. Os encaixes já lá estão, de modo que só tenho de colocar as ripas nos respectivos suportes e pregar dois pregos em cada uma. Como a Jean disse, é trabalho para uma pessoa só.

— Pensa que ainda dispomos de muito tempo?

— Uma hora, talvez. Se preferir, pode esperar lá dentro.

— Há alguma coisa que eu possa fazer?

— Acho que não. Mesmo assim, se lhe agradar, pode fazer-me companhia.

Adrienne sorriu, apreciando o tom convidativo da voz dele.

— Acaba de arranjar uma companhia.

Durante cerca de uma hora, Paul passou de uma janela a outra, colocando as protecções no seu lugar, com ela a seu lado. Enquanto trabalhava, sentia que Adrienne não tirava os olhos dele, fazendo-o sentir-se tão desajeitado como se tinha sentido pela manhã quando ela lhe soltara a mão.

Dentro de minutos começou a cair uma chuva miúda, que foi crescendo de intensidade. Adrienne deslocou-se para mais perto da casa para não se molhar, mas descobriu que não lhe servia de muito por causa dos redemoinhos do vento. Paul não se apressou, mas também não abrandou o ritmo; a chuva e o vento pareciam não o afectar.

Tapava uma janela e passava para a seguinte. Encaixar as placas, colocar os ganchos, mudar a escada. Quando as janelas ficaram prontas e Paul começou a pregar as ripas, os relâmpagos já estavam sobre a praia e chovia copiosamente. E Paul continuava a trabalhar. Aplicava quatro marteladas em cada prego, com regularidade, como se tivesse passado a vida a trabalhar em carpintaria.

Conversavam, apesar da chuva; Adrienne reparou que ele mantinha uma conversa ligeira, não dizendo nada que pudesse ter segundas interpretações. Falou-lhe de algumas das reparações que ele e o pai costumavam fazer na herdade, referindo de passagem que talvez viesse a ter de fazer o mesmo no Equador, que era bom sentir novamente o gosto por aquele género de coisas.

Ao ouvi-lo falar disto e daquilo, Adrienne percebia que Paul estava a dar-lhe o espaço de que julgava que ela precisava, que julgava que ela pretendia. Porém, ao observá-lo, descobriu subitamente que manter as distâncias era uma coisa com que deixara de preocupar-se.

Tudo nele a fazia aspirar a qualquer coisa que nunca tinha conhecido: a maneira como ele tornava fácil tudo o que fazia, o volume das ancas e das pernas que sobressaíam das calças de ganga quando subia a escada, aqueles olhos que reflectiam sempre o que ele estava a pensar e a sentir. De pé, a aguentar aquele dilúvio, sentiu a atracção da pessoa que ele era e apercebeu-se da pessoa que ela própria queria ser.

Quando acabou, Paul tinha a camisola e o blusão encharcados e estava lívido por causa do frio. Depois de arrumar a escada e as ferramentas por debaixo da casa, juntou-se a Adrienne, no alpendre. Ela tinha passado a mão pelo cabelo, afastando-o do rosto. As ondas suaves haviam desaparecido, o que também acontecera a qualquer vestígio de maquilhagem. No seu lugar ficara uma beleza natural e, a despeito do casacão grosso que ela vestia, Paul conseguia antever o corpo feminino e quente que estava por baixo do tecido.

Foi então, ainda eles estavam protegidos pelo telhado do alpendre, que a tempestade irrompeu com toda a sua fúria. Um raio desceu aos ziguezagues, produzindo um risco longo que uniu céu e mar, o trovão fez um estrondo que parecia provocado pelo choque de dois carros na estrada. O vento soprou forte, dobrando árvores e ramos numa única direcção. A chuva vinha de todas as direcções, como se tentasse desafiar as leis da gravidade.

Deixaram-se ficar uns momentos a observar, sabendo que um minuto mais à chuva não faria qualquer diferença. Até que, finalmente, resistindo ao desejo de verem o que poderia seguir-se, rodaram sobre os calcanhares e, sem dizerem nada, meteram-se dentro de casa.

DOZE

Molhados e transidos de frio, cada um foi para o seu quarto. Paul libertou-se da roupa e abriu a torneira, esperando até ver o vapor de água aparecer por detrás da cortina para saltar para dentro da banheira. Passaram alguns minutos até que conseguisse sentir-se quente e, embora se demorasse mais tempo do que era normal no duche e se vestisse com vagar, Adrienne ainda não tinha reaparecido quando ele desceu a escada.

Com as janelas entaipadas, a casa estava escura e Paul acendeu a luz da sala, antes de se dirigir à cozinha à procura de uma chávena de café. A chuva martelava furiosamente as placas de protecção contra tufões, fazendo vibrar a própria casa. O trovão ribombava, perto e longe simultaneamente, um som constante como o de uma estação movimentada de caminho-de-ferro. Paul foi para junto da lareira, pois, mesmo com a luz ligada, as janelas escurecidas davam à sala um ar nocturno.

Abriu o registo de tiragem e colocou três cavacos, pondo-os de forma a permitir que o ar circulasse entre eles, e juntou-lhes algumas aparas. Procurou a caixa de fósforos e encontrou-a em cima da cornija da lareira. O cheiro a enxofre encheu o ar quando acendeu o primeiro fósforo.

As aparas estavam secas e acenderam com facilidade; logo de seguida, Paul ouviu um som parecido com um amarrotar de papel, sinal de que os cavacos estavam a começar a arder. Dentro de minutos a fogueira começou a libertar calor e Paul aproximou mais a cadeira de balouço, esticando os pés na direcção do lume.

Sentia-se confortável, pensou, mas não totalmente. Levantando--se da cadeira, atravessou a sala e apagou a luz.

Sorriu. Melhor, pensou. Muito melhor.

* * *

Fechada no quarto, Adrienne procurava ganhar tempo. Depois de terem voltado a entrar em casa, resolvera seguir o conselho da Jean e começou a encher a banheira. Mesmo depois de ter aberto a torneira e saltado para dentro da banheira, continuou a ouvir correr água pelos canos, sinal de que, no andar de cima, Paul continuava debaixo do chuveiro. Havia algo de sensual naquela constatação e sentiu-se percorrida por uma sensação agradável.

Dois dias antes, nem imaginava que lhe pudesse acontecer uma coisa daquelas. Nem conseguia imaginar-se a alimentar sentimentos daqueles acerca de quem quer que fosse, muito menos acerca de alguém que tinha acabado de conhecer. A sua vida não permitia aquele tipo de fantasias, pelo menos naquela altura. Era fácil pôr as culpas nos miúdos, ou dizer a si mesma que as responsabilidades familiares não lhe permitiam aqueles devaneios, mas essa era apenas uma parte da verdade. A outra parte tinha mais a ver com a pessoa em que ela se tornara após o divórcio.

Sim, sentira-se traída pelo Jack e detestara-o; qualquer pessoa podia perceber isso. Porém, o facto de ser preterida a favor de outra tinha outras implicações que, por muito que tentasse esquecer, nem sempre conseguia pôr para trás das costas. Jack tinha-a rejeitado, tinha rejeitado a vida que haviam passado juntos, um golpe arrasador para ela, não só como esposa e mãe mas também como mulher. Mesmo que, segundo afirmara, apaixonar-se por Linda não fosse parte de nenhum plano e tivesse acontecido por acaso, não podia admitir-se que ele se tivesse limitado a cavalgar a onda sem tomar qualquer decisão consciente durante todo o processo. Não pôde ter deixado de pensar no que estava a fazer, teve de ter em conta todas as possibilidades, desde o momento em que começou a passar tempo na companhia da Linda. Por muito que ele tentasse minimizar o que aconteceu, a rejeição equivaleu a dizer que

Adrienne nem sequer era merecedora do tempo e esforço necessários para corrigir qualquer anomalia existente na sua vida conjugal.

Como é que deveria ter reagido a uma rejeição total como aquela? Para quem estava de fora, era fácil dizer que a culpa não fora dela, que Jack estava a passar pela crise da meia-idade; mas a situação tinha de deixar marcas na pessoa que pensava que era. Especialmente como mulher. Era difícil sentir-se sensual sem se sentir atraente, pelo que os três anos seguintes, em que não teve qualquer namoro, ainda concorreram mais para agudizar a sua sensação de incapacidade.

E como é que lidara com esse sentimento? Tinha dedicado a vida aos filhos, ao pai, à casa, ao emprego, às facturas a pagar. Consciente ou inconscientemente, tinha posto de lado todas as actividades que lhe pudessem fornecer oportunidades de pensar em si própria. Acabaram as conversas telefónicas calmantes com as amigas, os passeios e a sauna, até deixou de cuidar do jardim. Tudo o que fazia tinha uma finalidade, e embora pensasse que assim mantinha a sua vida em ordem, só agora percebia o erro que tinha cometido.

Afinal, não deu resultado. Mantinha-se activa desde que acordava até voltar a deitar-se e, como negando a si mesma qualquer hipótese de recompensa, também não tinha objectivos. A rotina diária não passava de uma sucessão de tarefas, em número suficiente para deixar qualquer pessoa esgotada. Ao desistir das pequenas coisas que tornam a vida desejável, tudo o que conseguira, percebia-o agora, subitamente, fora esquecer-se da sua própria pessoa.

Suspeitava de que Paul já tinha percebido como ela era. E, de certa maneira, o tempo que passara junto dele tinha permitido que também ela percebesse o mesmo.

Porém, este fim-de-semana não iria servir apenas para Adrienne reconhecer os erros que havia cometido no passado. Teria reflexos no futuro e na sua maneira de viver a partir daquele momento. O passado estava morto; não podia fazer nada para o remediar, mas o futuro estava à sua mercê e ela não queria passar o resto da vida a alimentar sentimentos como os que tinha aguentado durante os últimos três anos.

Depilou as pernas e deixou-se ficar de molho durante mais alguns minutos, o tempo suficiente para a espuma se desvanecer e a água começar a arrefecer. Limpou-se e, sabendo que Jean não se importaria, pegou no frasco de loção da amiga. Aplicou algum líquido nas pernas e na barriga, encantada com a forma como a pele parecia voltar à vida.

Com a toalha enrolada à sua volta, dirigiu-se à mala de viagem. A força do hábito levou-a a pegar numa camisola e numas calças de ganga mas, depois de vestida, pôs esta roupa de lado. «Se quero levar a sério a forma como vou viver», pensou para si própria, «o melhor é começar desde já.»

Não tinha trazido muito que vestir e muito menos roupa que se pudesse considerar elegante, mas trouxera umas calças pretas e a blusa branca que Amanda lhe oferecera pelo Natal. Tinha trazido as duas peças com a remota esperança de que poderia sair uma vez à noite e, mesmo que hoje não fosse a qualquer lado, pareceu-lhe que tinha uma excelente oportunidade de as usar.

Secou e ondulou o cabelo com o secador. Depois a maquilhagem: máscara e um pouco de cor, o batom comprado no Belk's uns meses antes, mas raramente usado. Inclinando-se para o espelho, acrescentou um pouco de sombra nos olhos, como costumava fazer durante os primeiros anos de casada.

Quando ficou pronta, enfiou a blusa nas calças até lhe ficar mesmo justa ao corpo, sorrindo com o resultado. Há muito tempo que não tinha um tal aspecto.

Deixou o quarto e atravessou a cozinha, reparando no cheiro a café. Normalmente, seria aquela a sua bebida num dia como aquele, especialmente por ainda estar no início da tarde; porém, em vez de se servir de uma chávena, pegou no saca-rolhas e em dois copos, a sentir-se mundana, como se, finalmente, resolvesse assumir o controlo da situação.

Ao levar as coisas para a sala, reparou que Paul já tinha a lareira acesa, o que de certo modo alterara o ambiente, como a antecipar o estado de espírito de Adrienne. O rosto dele brilhava com o reflexo das chamas e, embora se mantivesse quieta, sabia que ele se apercebera da sua presença. Voltou-se para dizer qualquer coisa, mas ao vê-la não conseguiu articular uma só palavra. Limitou-se a ficar a olhar para ela.

— Fui longe de mais? — acabou Adrienne por perguntar.

Paul negou com a cabeça, sem nunca tirar os olhos dela. — Não... de forma alguma... Está... linda.

Adrienne esboçou um sorriso tímido.

— Obrigada — disse, em voz suave, quase um sussurro, uma voz de há muito tempo. Continuaram a olhar um para o outro, até que finalmente ela levantou um pouco a garrafa. — Não lhe apetece um copo de vinho? — perguntou. — Sei que fez café, mas, com a tempestade, pensei que isto seria mais agradável.

Paul pigarreou.

— Uma ideia excelente. Quer que abra a garrafa?

— Será melhor, a menos que goste de beber vinho com pedaços de cortiça. Nunca consegui apanhar o jeito.

Passou-lhe o saca-rolhas logo que ele se levantou da cadeira. Paul abriu a garrafa com uma sucessão de movimentos rápidos e Adrienne segurou os dois copos para ele os encher. A garrafa ficou em cima da mesa e ambos foram sentar-se nas cadeiras de balouço, cada um com o seu copo. Ela não deixou de notar que as cadeiras estavam mais juntas do que no dia anterior.

Adrienne bebeu um pequeno gole de vinho e descansou a mão no regaço, satisfeita com tudo: com o seu aspecto e com a maneira como se sentia, com o gosto do vinho, com a própria sala. A luz bruxuleante das chamas fazia que as sombras dançassem à volta deles. A chuva esmagava-se contra as paredes exteriores.

— Isto está encantador — observou ela. — Ainda bem que acendeu a lareira.

No ar, que estava a ficar mais quente, Paul notou o odor ligeiro do perfume que ela usava e mexeu-se na cadeira.

— Continuava a ter frio, depois daquele trabalho no exterior — respondeu. — Segundo parece, em cada ano que passa preciso de um pouco mais de tempo para aquecer.

— Mesmo com todo esse exercício? E eu a pensar que você estava a conseguir conter os estragos da idade.

Paul riu-se baixinho.

— Bem gostaria.

— Parece-me que está muito bem.

— Não me vê logo pela manhã.

— Mas não é essa a hora que dedica à corrida?

— Não, antes disso. Ao sair da cama mal consigo mexer-me. Coxeio como um velho. Tenho de pagar o preço de todas as corridas que tenho feito, durante muitos anos.

Ao balouçarem as cadeiras para diante e para trás, Paul via a dança do reflexo das chama nos olhos dela.

— Já falou hoje com os seus filhos? — perguntou, tentando olhar para Adrienne de forma menos evidente.

Ela assentiu.

— Telefonaram esta manhã, enquanto esteve fora. Estão a preparar-se para irem fazer esqui mas, antes, querem passar por casa. Vão passar este fim-de-semana a Snowshoe, na Virgínia Ocidental. Há meses que sonham com a viagem.

— Parece que vão divertir-se.

— Com certeza, Jack é bom nesse tipo de coisas. Quando os filhos vão visitá-lo, tem sempre divertimentos programados, como se a vida não fosse mais do que uma grande festa. — Adrienne fez uma pausa. — Está tudo certo. Ele também sente a falta de inúmeras coisas; não gostaria de trocar de lugar com ele. Não se pode fazer o tempo voltar para trás.

— Eu sei — murmurou Paul. — Pode crer que sei.

Ela esboçou um sorriso.

— Desculpe. Não devia ter dito aquilo...

Paul abanou a cabeça.

— Não faz mal. Mesmo que você não estivesse a referir-se a mim, reconheço que perdi mais do que aquilo que posso recuperar. Contudo, de momento estou a tentar remediar alguns aspectos. Só espero que o esforço resulte.

— Vai resultar.

— Pensa que sim?

— Sei que sim. Acho que é aquele tipo de pessoa que consegue obter quase tudo aquilo por que se dispõe a lutar.

— Desta vez não está a ser assim tão fácil.

— Porquê?

— De momento, eu e o Mark não temos muito boas relações. Na realidade, não mantemos quaisquer relações. Nos últimos anos, trocámos um número muito reduzido de palavras.

Adrienne ficou a olhar para ele, sem saber o que dizer.

— Não me tinha apercebido de que a frieza vinha de tão longe.

— Como é que poderia saber? Não é nada que me orgulhe de admitir.

— O que é que vai dizer-lhe? Isto é, como é que pensa começar?

— Não faço ideia. — Olhou para ela. — O que é que me sugere? Parece ter bastante sensibilidade para lidar com os filhos.

— Nem por isso. Acho que teria de começar por conhecer bem o problema.

— É uma longa história.

— Se quer falar disso, temos o dia todo.

Paul bebeu um gole, como se estivesse a pesar a decisão. Depois, durante a meia hora seguinte, acompanhado do som do vento e da chuva cada vez mais fortes, falou da assistência que não tinha dado ao filho enquanto estava a crescer, da discussão no restaurante, da sua incapacidade para apaziguar a zanga entre os dois. Quando acabou, a fogueira estava quase a extinguir-se e Adrienne manteve--se calada por momentos.

— Não vai ser fácil — acabou por admitir.

— Eu sei.

— Mas a culpa não é toda sua, como bem sabe. Para alimentar uma zanga são precisas duas pessoas.

— Um argumento bem filosófico.

— Verdadeiro, apesar de tudo.

— O que é que devo fazer?

— Eu diria que não pode forçar muito. Acho que talvez tenham de começar por se conhecerem melhor, ainda antes de tentarem resolver os problemas que existem entre os dois.

Paul sorriu, a pensar nas palavras dela.

— Sabe uma coisa, espero que os seus filhos reconheçam que têm uma mãe muito esperta.

— Não reconhecem. Mas encaro o futuro com esperança.

Ele riu-se, a pensar que na claridade baça da sala a pele dela parecia ter luz própria. Um dos cavacos tombou, lançando faíscas chaminé acima. Paul despejou mais vinho nos dois copos.

— Quanto tempo pensa permanecer no Equador? — perguntou Adrienne.

— Ainda não sei bem. Acho que depende do Mark e do tempo que ele queira que eu lá esteja. — Rodou o vinho no copo, antes de olhar para ela. — Diria, contudo, que estarei lá um ano, pelo menos. De qualquer modo, foi isso que disse ao director.

— E passado esse tempo, regressa?

Paul encolheu os ombros.

— Quem sabe. Acho que posso ir para qualquer lado. Não é absolutamente necessário que volte a Raleigh. Para lhe ser franco, ainda não pensei no que vou fazer quando regressar. Talvez me dedique a tomar conta de estalagens quando os respectivos donos tiverem de sair da cidade.

Adrienne soltou uma gargalhada.

— Acho que ia sentir-se bastante aborrecido com esse trabalho.

— Mas seria bom na iminência de uma tempestade.

— É verdade, embora tivesse de aprender a cozinhar.

— Boa observação — admitiu Paul, com metade do rosto na sombra, a olhar para ela. — Nesse caso, talvez me mude para Rocky Mount, para depois decidir o que fazer.

Ao ouvir aquelas palavras, Adrienne sentiu o sangue subir-lhe às faces. Abanou a cabeça e virou-se.

— Não diga isso.

— Não digo o quê?

— Coisas que não pretende dizer.

— O que é que a leva a pensar que não as pretendo dizer?

Adrienne não o encarou de frente, nem respondeu e, na calma que reinava na sala, ele pôde aperceber-se do arfar do peito dela. Notou uma sombra de medo no rosto de Adrienne, mas não sabia que isso se devia ao desejo de que ele avançasse e ao receio de que não o fizesse, ou se não queria que ele avançasse e receasse que o fizesse. Estendeu o braço, colocando a mão no braço dela. Quando voltou a falar, fê-lo com voz suave, como se tentasse acalmar os receios de uma criança.

— Peço desculpa se a faço sentir-se incomodada — disse ele —, mas este fim-de-semana... tem sido um tempo cuja existência eu desconhecia. Isto é, quero dizer que me parece um sonho. Você tem sido um sonho.

O calor da mão dele parecia penetrar-lhe nos ossos.

— Também tenho passado um tempo maravilhoso — respondeu Adrienne.

— Mas os seus sentimentos são diferentes.

Ela olhou para ele.

— Paul... eu...

— Não, não tem de dizer seja o que for...

Não o deixou continuar.

— Ai isso é que tenho. Procura uma resposta e eu gostaria de lha dar, está bem?

Fez uma pausa, a arrumar os pensamentos.

— Quando eu e o Jack nos separámos, não aconteceu apenas o fim de um casamento. Foi o fim de tudo o que eu esperava do futuro. E também representou o fim da pessoa que eu era. Pensei que queria continuar a viver e tentei, mas o mundo parecia já não estar nada interessado em mim. Os homens, na generalidade, não se mostravam interessados em mim e acho que me recolhi numa espécie de concha. Este fim-de-semana obrigou-me a tentar perceber o que se passa comigo, mas ainda não cheguei a conclusões definitivas.

— Não tenho a certeza de perceber aquilo que está a tentar dizer-me.

— Não estou a dizer isto por a resposta ser não. Gostaria de voltar a vê-lo. É um homem encantador e inteligente, os dois últimos dias significaram mais para mim do que estará em condições de perceber. Mas mudar-se para Rocky Mount? Um ano é muito tempo e não temos maneira de saber o que estaremos a pensar daqui a um ano. Veja quanto mudámos durante os últimos seis meses. Pode assegurar-me, com toda a franqueza, que daqui a um ano ainda terá a mesma perspectiva do que está a acontecer?

— Certamente posso.

— E como é que pode ter a certeza?

Lá fora, ouvia-se o rugido contínuo do vendaval a fustigar a casa. A chuva martelava as paredes e o telhado; a velha estalagem gemia sob uma pressão incessante.

Paul pousou o copo de vinho. Ao olhar para Adrienne convenceu-se de que nunca vira nenhuma mulher tão bonita.

— Porque — disse — você é a única razão que me levará a querer regressar.

— Paul... não...

Fechou os olhos e, por momentos, Paul acreditou que ia perdê-la. A ideia assustou-o mais do que julgara possível, sentiu que as suas últimas resistências estavam a ceder. Olhou para o tecto e voltou a concentrar o olhar em Adrienne. Levantou-se e foi para junto dela. Com um dedo, obrigou-a a voltar o rosto para ele, sabendo que estava apaixonado por tudo o que dizia respeito àquela mulher.

— Adrienne — sussurrou, obrigando a que ela finalmente o olhasse de frente e não pudesse deixar de reconhecer a emoção espelhada nos olhos dele.

Paul não conseguiu pronunciar as palavras, mas na torrente de sentimentos que a inundou, Adrienne imaginou que estava a ouvi-las, o que, de momento, era suficiente.

Porque foi então, quando ele a prendeu naquele seu olhar resoluto, que Adrienne percebeu que também estava apaixonada.

Durante muito tempo, até Paul lhe pegar na mão, nenhum deles parecera consciente do que fazer. Com um suspiro, Adrienne deixou-o pegar-lhe na mão, recostando-se na cadeira quando sentiu o dedo polegar dele começar a acariciar-lhe a pele.

Ele sorriu, à espera de uma resposta, mas Adrienne parecia satisfeita por poder permanecer quieta. E Paul não tinha a certeza do que devia fazer. Não conseguia decifrar-lhe a expressão que, no entanto, parecia dar a entender que os sentimentos dele estavam a ser correspondidos; esperança e receio, confusão e aceitação, paixão e recato. Porém, pensando que ela precisava de tempo e de espaço, soltou-lhe a mão e levantou-se.

— Vou pôr mais um cavaco na lareira — disse. — A fogueira está a esmorecer.

Ela aquiesceu, observando-o através dos olhos quase fechados, vendo-o agachar-se diante da lareira, com as calças de ganga a marcarem-lhe as coxas.

Isto não devia estar a acontecer, disse a si mesma. Por amor de Deus, o homem tinha 54 anos, não era nenhum adolescente. Ela tinha maturidade suficiente para perceber que uma situação daquelas não pertencia aos domínios da realidade. Era uma consequência do temporal, do vinho, do facto de estarem sós. Seria uma combinação de mil coisas, disse para si própria, mas não era amor.

No entanto, ao ver Paul pôr outro cavaco na fogueira e ficar a olhar calmamente para as chamas, teve a certeza de que era. O brilho dos olhos dele não mentia, o tremor da voz quando tinha sussurrado o nome dela... sabia que os sentimentos dele eram verdadeiros. E o mesmo, pensou, estava a suceder com os dela.

Porém, o que é que isso significava? Para ele ou para ela? Saber-se amada, por mais maravilhosa que fosse a ideia, não era só o que estava ali em causa. Os olhos dele também tinham revelado desejo, o que a tinha aterrorizado, mais ainda por saber que ele a amava. Sempre acreditara que fazer amor era mais do que um simples acto, por mais agradável, entre duas pessoas. Incluía tudo aquilo que um casal era suposto partilhar: confiança e dedicação, esperanças e sonhos, a promessa de ultrapassar em conjunto tudo o que o futuro pudesse trazer. Nunca entendeu as aventuras de uma noite só, nem as pessoas que mudam de cama de dois em dois meses. Isso transformava o acto do amor numa coisa quase sem sentido, como se fazer amor tivesse a mesma importância de um beijo de despedida junto à porta de casa.

Embora se amassem um ao outro, sabia que tudo podia mudar logo que se deixasse levar pelos sentimentos. Atravessaria uma fronteira que tinha erigido na sua própria mente e essa era uma viagem sem regresso. Ir para a cama com o Paul significaria que os dois passariam a partilhar de um vínculo para o resto das suas vidas e não tinha a certeza de estar preparada para isso.

Também não estava segura de saber o que devia fazer. Jack não fora apenas o único homem com quem ela partilhara a cama; durante dezoito anos, fora o único homem com quem quis partilhar a cama, pelo que a possibilidade de o fazer com outro a deixava extremamente ansiosa. Fazer amor era uma dança amável de dar e receber, pelo que a ideia de o desapontar era quase suficiente para que não deixasse as coisas passarem dali.

No entanto, não estava a conseguir dominar-se. Agora, já não. Não, por ver a maneira como Paul a olhava, não com os sentimentos que alimentava em relação a ele.

Ao levantar-se da cadeira sentiu a garganta seca e a tremura das pernas. Paul continuava agachado em frente da fogueira. Aproximando-se, colocou as duas mãos nos músculos entre os ombros e o pescoço dele. Sentiu os músculos a retesarem-se momentaneamente e, depois de ele respirar profundamente, a descontraírem-se. Voltou-se, levantando os olhos para ela, e foi então que Adrienne sentiu que ia desistir de lutar.

Tudo lhe parecia bem, ele parecia-lhe bem e, ali de pé, a acariciar-lhe as costas, soube que não deixaria de ir ao lugar onde era esperado que fosse.

Lá fora, o céu foi riscado por um relâmpago. Vento e chuva uniam esforços e martelavam as paredes. A sala começou a aquecer quando as chamas da lareira subiram um pouco mais.

Paul pôs-se de pé e olhou-a nos olhos. A sua expressão suavizou-se quando lhe pegou na mão. Adrienne esperou por um beijo que não veio. Em vez disso, Paul levantou-lhe a mão, levou-a à cara e apertou-a, ao mesmo tempo que fechou os olhos, como que a tentar recordar-se para sempre do toque da pele de Adrienne.

Antes de a libertar, Paul beijou-lhe as costas da mão. Depois, abrindo os olhos e inclinando a cabeça, aproximou-se mais, até sentir os lábios encostados à face dela e de a cobrir de beijos delicados, antes de finalmente lhe beijar os lábios.

Adrienne inclinou-se para Paul quando se sentiu apertada nos seus braços; sentiu os seios a esmagarem-se contra o peito dele; sentiu um ligeiro arranhar da barba quando foi beijada pela segunda vez.

Paul fez deslizar as mãos pelas costas dela, pelos braços e ela afastou os lábios, sentindo a humidade da língua dele. Ele beijou-lhe o pescoço, as faces e deixou que a sua mão deslizasse para a barriga dela, num toque que parecia carregado de electricidade. Quando sentiu que a mão de Paul lhe deslizava para os seios, Adrienne sentiu-se perder o fôlego; e beijaram-se, uma e outra vez, com o mundo à sua volta a dissolver-se, a transformar-se em algo distante e irreal.

O fogo da paixão acalmara, mas quando se aproximaram ainda mais, não sentiram que estavam apenas a abraçar-se, sentiram que estavam também a erguer um muro para manter à distância todas as memórias dolorosas do passado.

Paul afundou as mãos nos cabelos de Adrienne e ela apoiou a cabeça contra o peito dele, sentindo um coração que batia tão acelerado quanto o seu.

E então, quando conseguiram finalmente separar-se, Adrienne deu consigo a procurar-lhe a mão.

Deu um pequeno passo atrás e, puxando-o com suavidade, começou a conduzi-lo para o andar de cima, para o quarto azul.

TREZE

Estavam ambas na cozinha e Amanda tinha os olhos fixos na mãe. Não tinha dito coisa alguma desde que a mãe começara a contar a sua história e já tinha bebidos dois copos de vinho, o segundo um pouco mais depressa do que o primeiro. Nenhuma delas falava, de momento, mas Adrienne sentia a expectativa ansiosa da filha, que estava suspensa do que viria a seguir.

No entanto, Adrienne não lhe podia contar o que acontecera, nem tinha necessidade de o fazer. Amanda era uma mulher adulta, sabia o que era estar na cama com um homem, além de ter vivido o suficiente para saber que, embora essa tivesse sido uma parte maravilhosa da descoberta mútua entre a mãe e Paul, era apenas uma parte do todo. Adrienne fez amor com Paul e se o acto não tivesse um profundo significado para ela, o fim-de-semana teria resultado apenas num acto de natureza física, não teria ficado nada para recordar, para além de alguns momentos agradáveis, que só a sua prolongada solidão anterior teria tornado especiais. Efectivamente, o que os dois partilharam foram sentimentos escondidos durante tempo demasiado, sentimentos que só tinham significado para os dois. E unicamente para eles.

Além disso, Amanda era sua filha. Podia ser considerada antiquada, mas contar-lhe os pormenores não lhe pareceu apropriado. Há mulheres que conseguem falar dessas coisas, mas Adrienne nunca conseguira perceber como conseguiam fazê-lo. Sempre pensou que o quarto do casal era um lugar cujos segredos pertenciam só ao próprio casal.

E mesmo que lhe quisesse contar tudo, sabia-se incapaz de encontrar as palavras apropriadas. Como é que poderia descrever o que sentira quando ele começou a desabotoar-lhe a blusa, ou falar-lhe dos arrepios que lhe percorreram todo o corpo quando ele lhe passou um dedo pelo abdómen? Ou do calor que sentiram na pele quando os dois corpos se uniram? Ou da textura da boca dele quando a beijou, ou do que sentiu quando enterrou os dedos com força na pele dele? Ou o som que ambos faziam a respirar e como a respiração de ambos se acelerou quando começaram a mover-se em sintonia.

Não, não iria falar desse tipo de coisas. Em vez disso, deixaria que a filha imaginasse o que aconteceu, pois Adrienne sabia que só a imaginação dela poderia, eventualmente, perceber os mínimos detalhes da magia que a mãe tinha sentido nos braços de Paul.

Amanda acabou por sussurrar-lhe:

— Mamã?...

— Queres saber o que aconteceu?

A filha engoliu em seco, a sentir-se pouco à vontade.

— Sim — foi tudo o que Adrienne conseguiu dizer.

— Queres dizer que...

— Sim — disse outra vez.

Amanda bebeu um gole de vinho. A tentar ser forte, pousou o copo em cima da mesa.

— E?...

Adrienne inclinou-se para diante, como se quisesse evitar que mais alguém ouvisse.

— Sim — murmurou e, dito isto, olhou para o lado, retirando-se para o passado.

Fizeram amor naquela tarde e passaram o resto do dia na cama. A tempestade rugia lá fora, as folhas e os ramos arrancados fustigavam a casa, ela e Paul estavam agarrados um ao outro, os lábios dele junto da face dela, cada um a recordar o passado e a falar do que sonhava como futuro, ambos maravilhados pela sucessão de ideias e de sentimentos que os tinham levado àquele momento.

O sentimento tinha sido tão novo para ela como para o Paul. Nos últimos anos de casamento com o Jack — talvez até na maior parte do tempo que passaram casados, pensava agora — os seus actos de amor tinham sido mecânicos, com pouco sentimento e rápidos na duração, sem ternura e sem emoção. E raramente falavam após o acto porque Jack quase sempre se virava para o outro lado e adormecia em poucos minutos.

Quanto a Paul, não só a manteve abraçada durante horas como lhe deu a saber que aquele abraço era tão importante para ele como a intimidade física de que tinham partilhado. Beijou-lhe os cabelos e o rosto, disse-lhe que era bonita sempre que lhe tocou qualquer parte do corpo, chamou-lhe bela e disse que a adorava, tudo naquele tom solene e confiante que ela começara a amar desde o início.

Mesmo sem terem consciência disso por as janelas estarem entaipadas, o céu tinha-se tornado um negrume opaco e temeroso. As ondas impelidas pelo vento atingiram a duna e levaram-na; a água revolveu as fundações da estalagem. As antenas da casa foram arrancadas e atiradas para a parte oposta da ilha. A vibração que a energia libertada pela tempestade provocou na porta das traseiras permitiu a entrada de areia e água na cozinha. A electricidade foi cortada numa altura qualquer, durante a madrugada. Amaram-se uma segunda vez, em escuridão total, guiados pelo tacto e, quando terminaram, adormeceram finalmente nos braços um do outro, enquanto o núcleo do furacão passava por cima de Rodanthe.

CATORZE

Acordaram famintos na manhã de domingo. Contudo, sem electricidade e com a tempestade a diminuir progressivamente de intensidade, Paul trouxe a geleira para o quarto e comeram ali mesmo, no conforto da cama. Umas vezes riam, outras ficavam sérios, provocando-se mutuamente ou permanecendo calados, saboreando o momento e a presença do outro.

Pelo meio-dia, o vento tinha amainado o suficiente para lhes permitir saírem para o alpendre. O céu começava a clarear, mas a praia ficara coberta de detritos: pneus velhos e degraus gastos de casas construídas demasiado perto da água que tinham sido arrastados pelas ondas engrossadas pelo vento. O ar começava a ficar mais quente; ainda estava demasiado frio para se estar fora de casa sem um abafo, mas Adrienne tirou as luvas para sentir a mão de Paul a agarrar a sua.

A corrente eléctrica foi restabelecida por volta das duas horas, caiu outra vez, voltando, para se manter, vinte minutos mais tarde. A comida que estava no frigorífico não se estragou e Adrienne cozinhou dois bifes, o que lhes permitiu uma refeição prolongada, com a ajuda da terceira garrafa de vinho. Mais tarde, tomaram um banho juntos. Sentou-se à frente do Paul e descansou a cabeça no peito dele, enquanto Paul lhe passava a esponja pela barriga e pelos seios. Adrienne fechou os olhos, afundando-se nos braços dele, a sentir a água quente a correr-lhe pelo corpo.

À noite foram à cidade. Rodanthe estava a voltar à vida após a tormenta, condições que permitiram que passassem o serão num bar esquálido, a ouvir música de uma *jukebox* e a dançar um pouco. O bar estava cheio de pessoas da terra, todas desejosas de contarem as suas histórias da tempestade, pelo que Paul e Adrienne foram os únicos a arriscar uns passos de dança. Ele enlaçou-a com meiguice e rodaram lentamente, de corpos unidos, esquecidos da conversa e dos olhares dos restantes clientes.

Durante o domingo, Paul desmontou as protecções contra os tufões para as guardar e voltou a instalar as cadeiras de balouço no alpendre. Como o céu clareou, pela primeira vez depois da tempestade, caminharam até à praia, como tinham feito na primeira noite em que estiveram juntos, notando as enormes alterações registadas desde então. O oceano cavara covas enormes nas zonas em que tinha levado grandes quantidades de areia e várias árvores tinham sido derrubadas. A uns 800 metros de distância, Paul e Adrienne deram consigo a observar uma casa vítima da força da tempestade. Metade assente nos pilares, a outra metade em cima da areia, a maior parte das paredes tinham sido dobradas, as janelas estavam partidas e parte do telhado tinha desaparecido. Uma máquina de lavar louça estava junto de um monte de ardósias partidas, que pareciam ter formado o telhado do alpendre. Um grupo de pessoas tinha-se reunido perto da estrada, a tirar fotografias para juntar às participações de sinistros. Foi a primeira vez que se aperceberam da verdadeira violência da tempestade.

A maré estava a subir quando regressaram. Iam a caminhar devagar, com os ombros a tocarem-se ligeiramente, quando deram com o búzio. O exterior pintalgado estava meio enterrado na areia, rodeado por milhares de fragmentos de conchas partidas. Quando Paul lho deu, Adrienne colocou-o junto da orelha e foi então que ele zombou dela acerca da ideia de se poder ouvir o oceano através de um búzio. Enlaçou-a com os braços, a dizer que era tão perfeita como o búzio que tinham acabado de encontrar. Mesmo sabendo que o ia conservar para sempre, não fazia a menor ideia do significado que o búzio viria a ter para ela.

De momento, sabia apenas que estava nos braços do homem que amava, desejando que ele pudesse ficar a abraçá-la daquela forma, para sempre.

* * *

Na manhã de segunda-feira, Paul saltou da cama antes de ela acordar; embora se dissesse ignorante das coisas da cozinha, surpreendeu-a ao aparecer no quarto a transportar uma bandeja com o pequeno-almoço, animando-a com o cheiro do café acabado de fazer. Ficou sentado a vê-la comer, a vê-la rir-se reclinada nas almofadas, a tentar, sem o conseguir, levantar o lençol até ficar com os seios tapados. A tosta estava deliciosa, o bacon ficara estaladiço sem estar queimado, os ovos mexidos tinham a quantidade exacta de queijo gratinado.

Embora os filhos por vezes se lembrassem do Dia da Mãe e lhe levassem o pequeno-almoço à cama, era a primeira vez que um homem lhe dispensava uma atenção daquelas. Jack nunca fora o género de homem capaz de um gesto assim.

Quando ela acabou de comer, Paul foi fazer uma corrida curta, enquanto Adrienne tomava banho e se vestia. Acabada a corrida, Paul atirou com as roupas sujas para dentro da máquina e também tomou duche. Na altura em que chegou à cozinha para se juntar a ela, Adrienne estava a telefonar à Jean. Enquanto ela ia pondo a amiga ao corrente do sucedido, Paul enlaçou-a nos braços e descansou a cabeça no pescoço dela.

Ainda ao telefone, Adrienne ouviu o som próprio da porta da frente a ser aberta e o barulho de botas sobre o soalho. Ainda informou a Jean do facto e desligou, deixando a cozinha para ver quem tinha entrado. A sua ausência não chegou a um minuto mas, quando voltou, olhou para o Paul com a expressão de quem não consegue encontrar as palavras necessárias. Soltou um profundo suspiro.

— Ele está cá; quer falar contigo — informou.

— Quem?

— Robert Torrelson.

* * *

Quando Paul entrou na sala, viu Robert Torrelson à sua espera; o homem ficara sentado, de cabeça baixa, no sofá. Levantou os olhos sem sorrir, mostrando um rosto insondável. Antes de o ver,

Paul não tinha a certeza de conseguir distinguir Robert Torrelson no meio de uma multidão mas, àquela distância, apercebeu-se de que já tinha falado com o homem que estava sentado à sua frente. Para além do cabelo, que embranquecera muito naquele último ano, parecia não ter mudado desde o dia em que o vira na sala de espera do hospital. O olhar era duro, como Paul o tinha imaginado.

De imediato, Robert ficou calado. Mas não deixou de o olhar enquanto Paul mudava a posição da cadeira de balouço para ficarem de frente um para o outro.

— Você veio — disse Torrelson, passados uns instantes. Falava com o sotaque do Sul, numa voz forte e rouca, produto de muitos anos a fumar cigarros *Camel* sem filtro.

— Pois vim.

— Não pensei que viesse.

— Durante algum tempo, nem eu tive a certeza de que viria.

Robert resfolegou, como se já estivesse à espera daquilo.

— O meu filho diz que falou consigo.

— Pois falou.

Robert fez um sorriso amargo, sabendo perfeitamente tudo o que tinha sido dito.

— Diz que você nem tentou dar explicações — continuou Robert.

— Não — respondeu Paul —, não tentei.

— Mas continua a pensar que não cometeu erro nenhum, não é?

Paul olhou para longe, a pensar no que Adrienne lhe tinha dito. Não, pensou, eles nunca mudam de opinião. Endireitou-se.

— Na sua carta disse que queria falar comigo e que o assunto era importante. Pois bem, estou aqui. Em que é que posso ser-lhe útil, Mr. Torrelson?

Robert levou a mão ao bolso da camisa para tirar o maço de cigarros e a carteira de fósforos. Acendeu um, trouxe o cinzeiro para mais perto de si e recostou-se no sofá.

— O que é que correu mal? — perguntou.

— Nada. A operação correu como eu a tinha planeado.

— Nesse caso, por que é que ela morreu?

— Bem gostaria de saber, mas não sei.

— Foi isso que os seus advogados lhe mandaram dizer?

— Não — respondeu Paul calmamente —, é a verdade. Pensei que era a verdade que queria ouvir. Dava-lhe outra resposta, se pudesse.

O homem levou o cigarro aos lábios e tirou uma fumaça. Quando exalou o fumo, Paul notou um ligeiro assobio, como o que produz o ar a escapar-se do fole de um acordeão.

— Sabia que ela já tinha o tumor quando a conheci?

— Não — respondeu Paul. — Não sabia.

Robert chupou outra grande fumaça do cigarro. Quando voltou a falar, fê-lo com uma voz menos agressiva, como que toldada pelas recordações.

— É claro que nessa altura ainda não era tão grande. Era do tamanho de metade de uma noz e a cor também era menos assustadora. Mas via-se sem qualquer dificuldade, como se tivesse qualquer coisa enfiada sob a pele. E sempre a incomodou, mesmo quando ainda era criança. Eu era uns anos mais velho e lembro-me de a ver ir para a escola; andava sempre de olhos postos no chão e não era preciso ser muito esperto para descobrir o motivo que a levava a caminhar assim. — Calou-se, a encadear as ideias, e Paul resolveu que era melhor não dizer nada. — Como aconteceu a muitas pessoas daquela época, não acabou a escola porque teve de ir trabalhar para ajudar a família. Foi nessa altura que a conheci. Trabalhava no cais onde fazíamos a descarga do peixe, era ela quem fazia as pesagens. Antes que me dirigisse uma só palavra, calculo que lhe tenha falado durante um ano inteiro mas, mesmo assim, gostei dela. Era honesta, boa trabalhadora e, mesmo que usasse os cabelos caídos para manter aquele lado da cara tapado, uma vez por outra conseguia ver o que ela tanto tentava esconder, o que me levou a descobrir os olhos mais belos que alguma vez vira. Eram castanhos, escuros e doces, percebe? Continuei a querer meter conversa, mas continuou a fazer de conta que não via, até que finalmente deve ter percebido que eu não ia desistir. Deixou que a convidasse para sair, mas quase não olhou para mim durante todo o serão. Manteve-se de olhos postos nos sapatos. — Chegado a este ponto, Robert juntou as mãos. — Mas convidei-a outra vez. Correu melhor da segunda vez e até descobri que a rapariga, quando queria, chegava a ter graça. Quanto melhor a conhecia mais gostava dela e, com o tempo, comecei a pensar que talvez estivesse apaixonado por ela. Aquela coisa da cara não me ralava nada. Não me preocupei na altura, nem me preocupei mais tarde. Mas ela preocupou-se. Sempre. — Nova pausa. — Nos vinte anos seguintes teve sete filhos e parecia-lhe que, a cada novo filho, aquilo ficava maior. Não sei se era verdade, mas nunca deixou de me repetir a mesma coisa. Contudo, todos os meus filhos, mesmo o John, até certo ponto, acharam que tinham a melhor mãe do mundo. E era verdade. Era dura quando tinha de ser e a mulher mais amorosa durante o resto do tempo. E eu amava-a por ela ser assim, éramos felizes. A vida por estas paragens não é fácil, mas a minha mulher tornava a vida fácil para mim. E eu tinha orgulho nela, e tinha orgulho que me vissem com ela, e agia de maneira que toda a gente da terra tivesse conhecimento disso. Achei que seria suficiente mas, para ela, acho que não foi. — Paul permaneceu imóvel, deixou que Robert continuasse. — Uma noite, viu aquele espectáculo da televisão sobre uma senhora com um desses tumores e mostravam fotografias de antes e depois. Acho que pôs na cabeça a ideia de que podia ver-se livre do seu tumor, de uma vez por todas. Foi depois do espectáculo que começou a falar em submeter-se a uma operação. A operação era muito cara e não tínhamos seguro de saúde, mas ela continuava a indagar se haveria outra forma de conseguirmos encontrar os meios para a pagar. — Robert olhou Paul nos olhos. — Nada do que lhe disse a fez mudar de ideias. Eu dizia-lhe que não ligava àquilo mas não me dava ouvidos. Por vezes, encontrava-a no quarto a apalpar a cara, ou ouvia-a chorar e sabia que ela desejava mais a operação do que qualquer outra coisa que a vida lhe pudesse oferecer. Tinha vivido com aquela coisa durante toda a sua existência, estava cansada de ser assim. Estava cansada de ver os estranhos a fingirem que não reparavam em nada, ou dos olhares prolongados que os miúdos lhe deitavam. Por isso, acabei por concordar. Mobilizei todas a minhas poupanças, fui ao banco e negociei uma hipoteca sobre o barco, tudo para ter com que lhe pagar. Estava tão excitada naquela manhã. Desde que a conhecera nunca a tinha visto tão satisfeita com qualquer coisa, pelo que, só de olhar para ela, achei que estava a fazer o que devia ser feito, que a minha decisão fora acertada. Disse-lhe que ficaria à espera dela, que iria vê-la logo que acordasse e sabe o que ela me disse? Quais foram as últimas palavras que lhe ouvi? — Olhou para o médico, queria certificar-se de ele estava atento. — Disse: «Toda a minha vida quis ser bonita para ti.» E, ao ouvir isto, apenas consegui pensar que para mim ela sempre fora bonita. — Paul inclinou a cabeça e sentiu um nó na garganta, embora tentasse engolir em seco. — Mas o senhor não sabia nenhuma destas coisas acerca dela. Para si, foi apenas mais uma senhora que veio ser operada, ou uma senhora que morreu, ou a senhora com aquela coisa na cara, ou a senhora cuja família lhe moveu um processo. Não foi correcto da sua parte não conhecer a história da minha mulher. Ela merecia mais do que isso. A vida que levou dava-lhe direito a mais do que isso. — Robert Torrelson fez cair as últimas cinzas do cigarro no cinzeiro e esmagou a ponta do cigarro. — O senhor foi a última pessoa com quem ela falou, a última pessoa que ela viu antes de morrer. Era a melhor esposa do mundo e o senhor nem conhecia a pessoa que estava diante de si. — Fez uma pausa para lhe dar tempo a pensar. — Mas agora ficou a saber.

Dito isto, levantou-se do sofá e, momentos depois, tinha desaparecido.

* * *

Depois de ouvir o que Robert Torrelson disse, Adrienne acariciou o rosto de Paul, limpando-lhe as lágrimas com as pontas dos dedos.

— Estás bem?

— Nem sei — respondeu ele. — Sinto-me como que entorpecido.

— Não admira. Passaste um momento difícil.

— Pois foi — admitiu Paul —, muito difícil.

— E estás satisfeito por ele ter vindo? Por teres ouvido todos aqueles pormenores da boca dele?

— Sim e não. Para ele, foi importante dar-me a conhecer que espécie de pessoa foi a sua mulher. Mas sinto-me triste. Eles amavam-se tanto; e agora, ela está morta.

— É verdade.

— Não me parece justo.

Adrienne fez um sorriso de conforto.

— Não é. Quando tudo acaba, a tragédia é tanto maior quanto maior foi o amor. Estes dois elementos andam sempre juntos.

— Mesmo para ti e para mim?

— Para toda a gente — respondeu ela. — O melhor que podemos esperar da vida é que a tragédia leve tempo, muito tempo, a chegar.

Paul puxou-a para o colo. Beijou-lhe os lábios, rodeou-a com os braços, estreitando-a contra si, a deixar-se abraçar por ela; e ficaram naquela posição durante muito tempo.

Porém, enquanto, mais tarde, faziam amor, as palavras de Adrienne voltaram-lhe à mente. Aquela era a última noite deles em Rodanthe, a última noite que passavam juntos, pelo menos durante um ano. E por mais que tentasse contê-las, não conseguiu evitar as lágrimas que lhe escorriam pelas faces.

QUINZE

Quando Paul acordou, na manhã de terça-feira, Adrienne já não estava na cama. Tinha-a sentido a chorar durante a noite mas não dissera nada, sabendo que se falasse, ele próprio não conseguiria evitar as lágrimas. Porém, fingir que não percebera deixou-o incapaz de dormir durante horas. Manteve-se acordado, a vê-la dormir nos seus braços, aninhado contra ela e sem a soltar, como se tentasse compensar o ano em que não poderiam estar juntos.

Adrienne passou-lhe a roupa a ferro, as peças que estavam na máquina de lavar; Paul separou o que precisava de vestir naquele dia e guardou o resto das coisas nos sacos de viagem. Depois de tomar duche e se vestir, sentou-se na borda da cama, de caneta em punho, a passar os seus pensamentos para o papel. Deixando o bilhete no quarto, levou as suas coisas para o andar de baixo e colocou-as junto da porta da frente. Adrienne estava na cozinha, em frente do fogão, a preparar ovos mexidos, com uma chávena de café pousada a seu lado, em cima da bancada. Quando se voltou, ele notou-lhe o vermelho das pálpebras.

— Olá — arriscou.

— Olá — disse ela, voltando-se. Recomeçou a mexer os ovos com mais vigor, sem tirar os olhos da frigideira.

— Obrigado — disse ele.

— Como trouxe uma garrafa-termo comigo, se quiseres podes levar café para a viagem.

— Obrigado, mas não há necessidade. Não vou precisar.

Ela continuou a mexer os ovos.

— Se quiseres, também posso preparar-te umas sanduíches.

Paul chegou-se a ela.

— Não tens de fazer nada disso. Posso arranjar qualquer coisa, mais tarde, no caminho. Para te ser franco, nem me parece que tenha fome.

Adrienne não parecia estar a ouvi-lo e ele pôs-lhe a mão na cintura. Sentiu-lhe a respiração entrecortada, como se ela tentasse conter as lágrimas.

— Então...

E ela, num sussurro:

— Estou bem.

— De certeza?

Acenou que sim e fungou ao retirar a frigideira do lume. A limpar os olhos, continuou a não olhar para ele. Ao vê-la naquele estado, Paul recordou-se do seu primeiro encontro, no alpendre, e sentiu um nó na garganta. Nem queria acreditar que esse primeiro encontro acontecera há menos de uma semana.

— Adrienne... não...

Adrienne levantou os olhos para ele.

— Não, o quê? Não fico triste? Estás a caminho do Equador e eu tenho de voltar para Rocky Mount. Posso evitar a dor de ver que a nossa relação acabe tão depressa?

— Também não me agrada.

— Esse é o motivo da minha tristeza. Sei que pensas o mesmo que eu. — Hesitou, a tentar controlar os sentimentos. — Sabes, esta manhã, quando me levantei, disse a mim mesma que não voltaria a chorar. Disse a mim mesma que seria forte e me mostraria alegre, para que levasses uma boa recordação de mim. Porém, quando ouvi o chuveiro a funcionar, fui assaltada pela ideia de que, amanhã, quando me levantar já não estarás aqui; não consegui evitar o choro. Isto passa. Podes ter a certeza. Eu sou forte.

Disse tudo como se tentasse convencer-se a si própria. Paul pegou-lhe na mão.

— Adrienne... na noite passada, depois de adormeceres, comecei a pensar que talvez pudesse prolongar um pouco mais a minha estada aqui. Mais um mês ou dois não faria grande diferença e assim podíamos estar juntos...

Ela abanou a cabeça, não o deixando prosseguir.

— Não. Não podes fazer isso ao Mark. Não podes, depois do que aconteceu entre ambos. Além do mais, tu precisas de fazer essa viagem. Sem ela, estás a consumir-te; se não partires agora, pergunto a mim mesma se alguma vez o farás. Passar mais tempo comigo não vai tornar a partida mais fácil quando chegar a altura de dizermos adeus, nem eu seria capaz de viver com a ideia de que era culpada por manter um pai e um filho separados. Mesmo que planeássemos a tua partida para mais tarde, chegada a altura eu não deixaria de chorar. — Mostrou um sorriso de coragem, antes de prosseguir. — Não podes adiar. Antes de nos termos deixado envolver nesta situação, ambos sabíamos que terias de partir. Apesar de ser uma decisão difícil, também sabemos, ambos, que é a melhor saída, é o que acontece quando se é pai. Muitas situações exigem sacrifícios e esta é uma delas.

Ele assentiu, de lábios cerrados. Sabia que a razão estava do lado dela, embora desejasse desesperadamente que não estivesse.

— Prometes que esperas por mim? — perguntou finalmente, com voz rouca.

— Decerto sim. Se pensasse que estavas a ir-te embora para sempre, estaria a chorar tanto que terias de tomar o pequeno-almoço dentro de um barco a remos.

Encostou-se a ele e, apesar do desgosto, Paul deu consigo a rir à gargalhada. Ela beijou-o antes de se deixar abraçar. Paul sentia-lhe o calor do corpo, absorvia o perfume que ela usava. E Adrienne sentia-se tão bem nos braços dele, tão perfeita.

— Não sei como nem porquê tudo aconteceu, mas sinto que os meus passos foram conduzidos para este lugar — afirmou ele. — Para te conhecer. Durante muitos anos senti que havia uma falha qualquer na minha vida, mas não fazia ideia do que era. Agora, porém, já não tenho dúvidas.

Adrienne fechou os olhos.

— Eu também não — sussurrou.

Paul encostou a cara aos cabelos dela e beijou-os.

— Vais sentir a minha falta?

Ela brindou-o com um sorriso contrafeito.

— Em cada minuto que passar.

* * *

Tomaram o pequeno-almoço juntos. Adrienne não tinha fome mas forçou-se a comer, a tentar sorrir quase continuamente. Paul parecia escolher a comida, levou mais tempo a limpar o prato do que era habitual e, quando terminaram, levaram os pratos para o lava-louça.

Eram quase nove horas e Paul levou-a pelo braço, passou pelo vestíbulo e parou junto da porta da frente. Pegou nos sacos de viagem, um de cada vez, e pendurou-os nos ombros; Adrienne pegou na bolsa de pele, onde estavam os bilhetes e o passaporte, e entregou-lha.

— Parece-me que está na hora — disse ele.

Adrienne contraiu os lábios. Como as dela, as pálpebras de Paul estavam avermelhadas, o que ele tentava esconder ao manter os olhos baixos.

— Sabes como podes contactar comigo, na clínica. Não faço ideia da qualidade do serviço dos correios, mas as cartas acabarão por me chegar às mãos. O Mark recebia sempre tudo o que a mãe lhe mandava.

— Obrigada.

Paul agitou a bolsa.

— Também tenho aqui o teu endereço. Escrevo-te logo que lá chegar. E também tenciono telefonar, logo que tiver oportunidade.

— Tudo bem.

Ele estendeu a mão para lhe tocar o rosto e Adrienne inclinou-se para a mão dele. Ambos sabiam que não havia mais nada a dizer.

Seguiu-o quando ele saiu e desceu os degraus, ficando a vê-lo acomodar os sacos de viagem no carro. Depois de fechar a porta do automóvel, Paul ficou a olhá-la por algum tempo, parecendo incapaz de a deixar, desejando uma vez mais que não tivesse de partir. Finalmente, veio até junto dela, beijou-a em ambas as faces e nos lábios. Envolveu-a nos braços.

Adrienne forçou-se a manter os olhos fechados. Disse para si mesma que ele não se ia embora para sempre. Tinham sido feitos um para o outro; disporiam de todo o tempo do mundo, quando ele regressasse. Passariam a velhice juntos. Se tinha vivido sem ele tantos anos, que diferença fazia um ano a mais ou a menos?

No entanto, as coisas não eram assim tão fáceis. Se os filhos fossem mais velhos, sabia que iria atrás dele para o Equador. Se o filho dele não precisasse do pai, Paul teria ficado ali, com ela. Os seus caminhos divergiam devido a responsabilidades contraídas para com terceiros, o que, de súbito, pareceu a Adrienne uma crueldade inaudita. Por que motivo é que o direito à felicidade de ambos tinha de acabar daquela maneira?

Paul inspirou profundamente, antes de a soltar e caminhar para o carro. Olhou para o lado por um instante; depois, a esfregar ligeiramente os olhos, voltou a encará-la de frente.

Adrienne seguiu-o até se imobilizar do lado do condutor e ficou a vê-lo entrar no carro. Com um ligeiro sorriso, ele rodou a chave de ignição e o motor voltou à vida. Ela afastou-se da porta aberta e Paul fechou-a para, de seguida, fazer baixar o vidro da janela.

— Um ano — disse —, e estarei de volta. Dou-te a minha palavra.

— Um ano — murmurou ela, em resposta.

Presenteou-a com um sorriso triste, engatou a mudança e iniciou a manobra de recuo até à estrada. Adrienne voltou-se para o ver, sentindo uma dor interior quando ele lhe devolveu o olhar.

O carro virou logo que atingiu a estrada e Paul fez-lhe um último aceno de despedida. Adrienne levantou a mão, ficando a ver o carro avançar, para longe de Rodanthe, para longe dela.

Ficou na vereda a ver o carro ficar mais pequeno com a distância e a ouvir o ruído do motor que se desvanecia rapidamente. Segundos depois, o automóvel tinha desaparecido, como se nunca ali tivesse estado.

A manhã estava fresca; o céu era azul com tufos brancos, um bando de gaivotas voava lá no alto. As flores púrpura e amarelas abriam as pétalas para receberem a luz do Sol. Adrienne rodou sobre os calcanhares e caminhou para a entrada da estalagem.

O interior parecia o mesmo que encontrara no dia da chegada. Estava tudo no seu lugar. Tinha limpado a lareira no dia anterior e fizera uma pilha de cavacos ao lado; as cadeiras de balouço tinham sido recolocadas nos lugares onde pertenciam. O balcão da entrada parecia ordenado, sem nenhuma chave fora do sítio.

Contudo, o cheiro ainda se mantinha. O cheiro do pequeno-almoço que haviam tomado juntos, o cheiro da loção que ele usava, o cheiro dele que lhe impregnava as mãos, o rosto e a roupa.

Aquilo foi demasiado para Adrienne, pois os ruídos da estalagem de Rodanthe já não eram os mesmos. Já se não ouviam ecos das conversas calmas, ou o som da água a correr pelos canos, ou o ritmo das passadas dele ao atravessar o quarto. Também já se não ouvia o rebentar das ondas, o rugir incessante da tempestade ou os estalidos da lenha a arder na lareira. Em vez destes ruídos, a estalagem fazia eco dos soluços de uma mulher que apenas pretendia o carinho do homem que amava, uma mulher que, para além de chorar, nada mais podia fazer.

DEZASSEIS

Adrienne tinha acabado a sua história e sentia a garganta seca. A despeito dos efeitos sedativos de um único copo de vinho, sentia as costas doridas por estar sentada na mesma posição há demasiado tempo. Mudou de posição na cadeira e sentiu um assomo de dor, que reconheceu como um princípio de artrite. Uma vez em que mencionara aquela dor ao médico, ele obrigara-a a sentar-se em cima da mesa, numa sala que cheirava a amoníaco. Tinha-lhe alçado os braços, mandara-a dobrar os joelhos e passou uma receita que ela nunca se deu ao cuidado de aviar. Disse para si mesma que a situação ainda não era grave; além do mais, tinha uma teoria de acordo com a qual se começasse a tomar comprimidos para uma dada doença, não tardariam a aparecer todos aqueles achaques que eram o tormento das pessoas da sua idade. A esses, não tardariam a seguir-se outros comprimidos, com todas as cores do arco-íris, uns para tomar de manhã, outros à noite, uns com a comida e outros em jejum, a exigirem um mapa colocado na porta do armário dos remédios para evitar confusões. Era trabalho mal empregado.

Amanda estava sentada à sua frente, de cabeça descaída para o peito. A mãe observava-a, sabendo que as perguntas não deixariam de surgir. Eram inevitáveis, mas bem gostaria que não aparecessem já de seguida. Precisava de tempo para pôr ordem nas ideias, de forma a poder concluir a tarefa que tinha iniciado.

Estava satisfeita porque Amanda tinha concordado em falar com ela, ali em casa. Já vivia nesta casa há mais de trinta anos e este era o seu lar, mais ainda do que a casa onde tinha passado a meninice.

Havia algumas deficiências: muitas das portas careciam de afinação, a alcatifa do corredor estava a ficar muito gasta, os desenhos dos azulejos da casa de banho há muito que estavam fora de moda, mas havia algo de reconfortante em saber que podia encontrar o material de campismo no canto esquerdo do sótão, ou que, chegando o Inverno, o aquecimento fazia disparar o disjuntor na primeira vez que fosse ligado. Esta casa tinha hábitos; tal como ela e supunha que, com o passar dos anos, os hábitos da casa e os dela se tinham misturado para lhe tornarem a vida mais estável e estranhamente reconfortante.

Passava-se o mesmo com a cozinha. Há anos que tanto o Matt como o Dan a tentavam com ofertas de remodelações e, na altura do seu último aniversário, tinham trazido um mestre-de-obras para avaliar o que era preciso fazer. Este tinha batido nas portas, enterrado a chave de parafusos nos cantos roídos dos armários, andara a acender e a apagar todas luzes e até soltara um pequeno assobio quando viu o fogão antiquado em que ela continuava a cozinhar. No final, tinha recomendado a substituição de quase tudo, deixado uma estimativa de custos e uma lista de referências. Embora soubesse que as intenções dos filhos tinham sido excelentes, disse-lhes que o melhor era pouparem o dinheiro para o gastarem em coisas de que as suas famílias precisassem.

Além do mais, gostava da sua velha cozinha. Depois de transformada, perderia o seu carácter e ela apreciava as recordações que tinham sido ali forjadas. Afinal, fora na cozinha que tinham passado a maior parte da sua vida de família, antes e depois da saída do Jack. Os miúdos tinham feito os trabalhos de casa na mesa onde agora se encontravam; durante anos, o único telefone que havia na casa estava colocado na parede da cozinha e ainda se recordava das alturas em que dava com o fio a passar pela greta da porta das traseiras, sempre que um dos miúdos fazia o que podia na tentativa de conseguir alguma privacidade para telefonar do alpendre. Num dos barrotes das prateleiras da despensa ainda podiam ver-se as marcas a lápis, que indicavam a altura de cada um dos filhos nas datas indicadas, e nem se imaginava a desfazer-se daquela preciosidade por troca com algo de novo e melhorado, por muito bonito que fosse. Ao contrário da sala, com a televisão sempre alta, ou dos quartos para onde cada um se retirava quando queria estar só, esta era a única divisão da casa onde todos vinham para falar e para ouvir, para aprender e para ensinar, para rir e para chorar. Este era o lugar da casa que mais se adaptava à ideia do que deve ser um lar; este era o lugar em que Adrienne sempre se sentira mais alegre e mais feliz.

E este era o lugar onde Amanda iria saber quem era realmente a sua mãe.

* * *

Adrienne bebeu o resto do vinho e empurrou o copo para o lado. Tinha deixado de chover, mas as gotas de água que tinham ficado nos vidros das janelas pareciam fazer inflectir a luz de uma forma que tornava o mundo exterior diferente, um lugar que ela reconhecia com dificuldade. O que não a surpreendia; à medida que envelhecia, descobriu que, logo que deixava o pensamento deslizar para o passado, tudo à sua volta parecia modificar-se. Esta noite, ao contar a sua história, teve a sensação de que o tempo voltara para trás e, embora achasse a ideia ridícula, ficou a magicar se a filha teria notado aquela nova juventude de que se sentia possuída.

Não, decidiu, certamente não notou, mas esse era um problema da idade da Amanda. Para a filha, conceber a ideia de vir a ter 60 anos era tão difícil como convencer-se de que podia transformar-se num homem; em certas ocasiões, Adrienne punha-se a pensar se Amanda alguma vez chegaria a perceber que, na sua maior parte, as pessoas não são assim tão diferentes umas das outras. Jovem ou idoso, masculino ou feminino, quase toda a gente que conhecia desejava as mesmas coisas: queriam sentir o coração em paz, queriam uma vida sem sobressaltos, queriam ser felizes. A diferença, pensava Adrienne, era que, na sua maioria, os jovens pareciam pensar que aquelas coisas os esperavam num ponto qualquer do futuro, enquanto boa parte dos idosos acreditava que elas faziam parte do passado.

A ideia também se lhe aplicava, pelo menos em parte, mas, por mais maravilhoso que o passado pudesse ter sido, recusava deixar-se prender nos seus meandros, como acontecia com muitas pessoas suas amigas. O passado não fora apenas um jardim inundado de luz e coberto de rosas; o passado incluía também uma boa dose de desgostos. Era o que sentia no momento em que chegara à estalagem acerca dos efeitos que os actos do Jack estavam a ter sobre a sua vida e, agora, pensava o mesmo acerca de Paul Flanner.

Esta noite iria chorar mas, como prometeu a si mesma no dia em que ele partiu de Rodanthe, Adrienne não se deixaria abater. Era uma sobrevivente, como o pai tinha dito inúmeras vezes e, embora saber isso lhe desse uma certa satisfação, não chegava para eliminar as dores e os desgostos.

Nesta altura da vida tentava concentrar-se nas coisas que lhe davam prazer. Adorava observar os netos nas suas tentativas de descoberta do mundo, adorava visitar amigos e saber como é que eles estavam a passar, acabara até por apreciar os dias que passava a trabalhar na biblioteca.

O trabalho não era difícil — agora estava a trabalhar na secção de referências especiais, cujos livros não podiam ser levados para fora da biblioteca — e podia passar horas sem que os seus serviços fossem necessários, o que lhe dava muitas oportunidades de ficar a observar as pessoas que passavam pelo vestíbulo imaculado do edifício. Com o passar dos anos, observar pessoas tornara-se um divertimento. Ao ver os leitores sentados em silêncio naquelas salas, não conseguia deixar de imaginar como seriam as suas vidas. Dava consigo a magicar se determinada pessoa era casada ou o que fazia para ganhar a vida, em que cidade vivia, quais os livros que lhe podiam interessar e, uma vez por outra, tinha a oportunidade de descobrir que uma sua observação estava correcta. A pessoa podia vir pedir-lhe ajuda para encontrar um certo livro, possibilitando o início de uma conversa amigável. Era frequente que as suas conjecturas andassem bastante perto da verdade, o que a deixava maravilhada.

Uma vez por outra, aparecia alguém interessado nela. Há anos, esses homens eram quase sempre mais velhos do que ela; agora, tendiam a ser mais novos mas, mais velhos ou mais novos, o processo repetia-se. O homem em questão começava por passar bastante tempo na secção de referências especiais, fazia uma série de perguntas, primeiro sobre livros, depois sobre assuntos de carácter mais genérico, para, finalmente, chegar às perguntas sobre a bibliotecária. Não se importava de lhes responder e, embora nunca tentasse seduzi-los, a maioria acabava por convidá-la a sair. Porém, mesmo que tais propostas a envaidecessem sempre, no fundo sabia que, por mais maravilhoso que o pretendente se mostrasse, por mais que ela pudesse apreciar a companhia dele, nunca conseguiria abrir-lhe o coração da maneira como, em tempos, fizera.

Aqueles dias passados em Rodanthe ainda provocaram outras alterações na sua maneira de ser. O tempo passado na companhia de Paul tinha curado as feridas deixadas pelos sentimentos de perda e de traição inerentes ao divórcio, substituindo-os por algo mais forte e mais digno. Saber-se digna de ser amada ajudou-a a andar de cabeça levantada e, na medida em que a sua autoconfiança aumentou, passou a ser capaz de falar com Jack sem subterfúgios nem insinuações, sem os complexos de culpa e de remorso que, antes, estavam sempre presentes nas conversas entre ambos. Tudo foi acontecendo gradualmente; quando ele telefonava para saber dos miúdos, começaram a conversar durante alguns minutos antes de ela passar o telefone aos filhos. Mais tarde, começara a fazer-lhe perguntas acerca de Linda e do trabalho, ou a contar-lhe o que tinha andado a fazer nos últimos tempos. Pouco a pouco, Jack parecia compreender que ela já não era a pessoa que costumava ser. As conversas tornaram-se mais amigáveis com a passagem dos meses e dos anos, chegando ao ponto em que telefonavam um ao outro só para conversarem um pouco. Quando o casamento com a Linda começou a desmoronar-se, passavam horas ao telefone, por vezes de noite. Quando Jack e Linda se divorciaram, Adrienne esteve presente para o ajudar a ultrapassar o desgosto e até deixava que ele ficasse no quarto de hóspedes quando vinha ver os filhos. Ironicamente, Linda deixou-o para ir viver com outro homem. Adrienne recordava-se de estar sentada na sala em companhia do Jack, que fazia rodar nas mãos um copo de uísque. Já passava da meia-noite e havia horas que falavam disto e daquilo, até que, finalmente, Jack pareceu aperceber-se da pessoa com quem estava a falar.

— Também te sentiste assim magoada? — perguntou.

— Claro — respondeu Adrienne.

— De quanto tempo é que precisaste para ultrapassares a questão?

— Três anos. Mas tive sorte.

Jack aquiesceu. Ficou a olhar para a bebida, de lábios cerrados.

— Lamento — acabou por dizer. — Sair por aquele porta foi a coisa mais estúpida que fiz em toda a minha vida.

Adrienne sorriu e deu-lhe uma palmadinha no joelho.

— Eu sei. De qualquer modo, obrigada por reconheceres isso.

Isto passara-se cerca de um ano antes de Jack a ter convidado a sair com ele. E, como costumava fazer com todos os outros, Adrienne respondeu-lhe polidamente que não.

* * *

Adrienne levantou-se, foi buscar a caixa que tinha trazido consigo do quarto e voltou a sentar-se à mesa. Chegada àquele ponto, Amanda observava a mãe com uma espécie de fascínio prudente. Adrienne estendeu a mão para acariciar a da filha.

Ao fazê-lo, verificou que, num ponto qualquer da conversa que mantinham há horas, Amanda se tinha apercebido de que não conhecia a mãe tão profundamente quanto julgava. Tratava-se, pensou Adrienne, de uma espécie de inversão de papéis. Amanda mostrava a mesma expressão que Adrienne mostrara tantas vezes, sempre que os filhos se juntavam durante as férias e diziam piadas acerca de muitas das coisas que tinham feito quando eram mais novos. Só há uns dois anos soubera que Matt costumava escapar-se do quarto para andar fora de casa, até altas horas, com os amigos, ou que Amanda tinha começado a fumar e tinha deixado o vício, tudo no primeiro ano, ou que fora o Dan o causador do incêndio da garagem, sem grandes consequências, que fora atribuído a um aparelho eléctrico defeituoso. Tinha-se divertido imenso com eles, sem deixar de sentir-se ingénua, e imaginava que Amanda estivesse agora a sentir o mesmo.

Na parede, o relógio produzia o seu tiquetaque regular. O aquecimento deu um estalido ao entrar em funcionamento. Amanda respirou fundo.

— Essa foi uma grande história — disse.

Enquanto falava, Amanda agarrava no copo com os dedos, fazendo o vinho rodar em círculos. A luz incidia sobre o vinho, mostrando a espuma.

— O Matt e o Dan sabem disto? Quer dizer, também lhes contaste?

— Não.

— Porquê?

— Nem decidi se devem ou não saber — respondeu Adrienne, a sorrir. — Além do mais, não sei se compreenderiam, quaisquer que fossem as minhas explicações. Por um lado, são homens e sentem-se no dever de me protegerem. Não quero que pensem que Paul se limitou a abusar de uma mulher solitária. Por vezes os homens são assim: conhecem uma mulher e apaixonam-se, considerando que se trata de amor verdadeiro, pouco interessando a rapidez com que se apaixonaram. Porém, se outro homem se apaixona por uma mulher por quem se interessam, nunca deixam de duvidar das intenções do estranho. Para te ser franca, duvido de que alguma vez venha a falar-lhes do caso.

Amanda fez um gesto de concordância, antes de perguntar:

— Então, por que motivo me escolheste para confidente?

— Porque achei que necessitavas de ouvir a história.

Com ar ausente, Amanda começou a enrolar uma madeixa de cabelo entre os dedos. Adrienne ficou a matutar se aquele seria um gesto transmitido por via genética ou se teria sido aprendido a observar a mãe.

— Mamã?

— O que é?

— Por que é que não nos falaste dele? Não me lembro de o teres sequer mencionado.

— Não podia.

— Por que razão?

Adrienne recostou-se na cadeira e respirou fundo.

— De início, acho que tive receio de não se tratar de amor duradouro. Sabia que nos amávamos mas a distância tem uma influência esquisita sobre as pessoas e, antes de vos falar do caso, queria ter a certeza que a relação era para durar. Depois, quando comecei a receber cartas dele e soube que seria... nem sei... pareceu--me que passaria muito tempo antes que o pudessem conhecer e não vi interesse em...

Interrompeu-se para escolher as palavras seguintes com todo o cuidado.

— Também tens de compreender que não és a mesma pessoa que eras na altura. Tinhas 17 anos, Dan tinha apenas 15, e não podia ter a certeza de que estivessem preparados para ouvirem uma coisa destas. Sejamos francas, como é que te sentirias ao regressares de uma visita ao teu pai se eu te dissesse que estava apaixonada por alguém que acabara de conhecer?

— Teríamos ultrapassado isso.

Adrienne tinha as suas dúvidas, mas resolveu não contrariar a filha. Em vez disso, encolheu os ombros.

— Quem sabe? Talvez tenhas razão. É possível que conseguisses aceitar uma coisa assim mas, na altura, não quis arriscar uma reprovação da tua parte. E, se tivesse de voltar ao princípio, é provável que me comportasse da mesma maneira.

Amanda mexeu-se na cadeira. Passados uns momentos enfrentou a mãe, olhos nos olhos.

— Tens a certeza de que ele te amava? — perguntou.

— Tenho.

Na luz do entardecer, os olhos azuis da filha tinham reflexos esverdeados. Fez um sorriso doce, como se tentasse tocar num ponto sensível sem magoar a mãe.

Adrienne sabia o que a filha ia perguntar-lhe a seguir. Era, segundo pensou, a única pergunta que fazia sentido.

Amanda inclinou-se para diante, a olhar a mãe com preocupação.

— Então, onde é que ele está?

* * *

Nos catorze anos decorridos desde que viu Paul Flanner pela última vez, Adrienne foi a Rodanthe cinco vezes. A primeira viagem tinha sido em Junho do mesmo ano e, embora a areia parecesse mais branca e o oceano só se encontrasse com o céu no horizonte distante, fez as visitas seguintes durante os meses de Inverno, quando a paisagem era cinzenta e fria, sabendo que assim recordaria muito melhor o passado.

Depois de Paul ter partido, incapaz de estar quieta, Adrienne errou pela casa durante toda a manhã. O movimento parecia-lhe a única maneira de não se deixar abater pelos sentimentos. Para o final da tarde, quando o crepúsculo vestia o céu com véus de vermelho e laranja, tinha saído e ficara a apreciar o colorido, a tentar localizar o avião em que Paul estaria, a caminho do Equador. As possibilidades de o ver eram infinitesimais mas, mesmo assim, ficara cá fora, a arrefecer à medida que caía a noite. Por entre as nuvens, aparecia de vez em quando o rasto de um jacto, mas a lógica dizia-lhe que os rastos pertenciam a aviões estacionados na base naval de Norfolk. Quando se decidiu a ir para dentro de casa, tinha as mãos dormentes, de tal maneira que teve de pôr a água quente a correr no lava-louça para as mergulhar. Mesmo admitindo que ele tinha partido, pôs a mesa para duas pessoas.

Num recanto da mente albergava uma certa esperança de que ele regressasse. Enquanto jantava, imaginou-o a entrar pela porta da frente e a libertar-se dos sacos de viagem, explicando que não poderia partir sem que passassem outra noite juntos. Partiriam os dois no dia seguinte ou no outro, diria ele, e poderiam seguir pela estrada na direcção do norte, até à curva de acesso à rua onde ela morava.

Mas não veio. A porta da frente não foi empurrada, o telefone nunca tocou. Por mais que desejasse tê-lo ali, Adrienne soube sempre que tivera razão quando o estimulara a partir. Um dia mais não tornaria a partida mais fácil, outra noite apenas significava que teriam de se despedir outra vez, como se não bastasse o primeiro adeus, tão difícil. Nem queria imaginar-se a ter de proferir novamente aquelas palavras, nem podia conceber a ideia de reviver outro dia como o que estava prestes a acabar.

Na manhã seguinte, começou a limpeza da estalagem, executando calmamente as rotinas necessárias. Lavou a louça e assegurou-se de que estava tudo seco e arrumado. Limpou as alcatifas com o aspirador, varreu a areia que tinha invadido a cozinha e a vereda da entrada, limpou o pó do corrimão e do candeeiro da sala, acabando a trabalhar no quarto da Jean até ficar convencida de que deixava as coisas como as tinha encontrado no dia em que chegara.

Depois, levando a mala pela escada acima, abriu a porta do quarto azul.

Não tinha lá entrado desde a manhã, desde a hora em que Paul partira. A luz da tarde desenhava prismas nas paredes. Ele tinha feito a cama antes de descer, mas não parecera aperceber-se da necessidade de a fazer bem feita. Havia pequenas bossas por debaixo do edredão nos sítios onde o cobertor ficara enrugado, o lençol de cima estava à vista e nalguns pontos quase tocava o chão. Na casa de banho havia uma toalha pendurada no varão da cortina, além de mais duas deixadas a monte junto do lavatório.

Ficou de pé, junto da porta, a observar tudo até que respirou fundo e pousou a mala. Quando o fez, viu, em cima da escrivaninha, a carta que Paul lhe deixara. Pegou nela e, lentamente, sentou-se na borda da cama. Na quietude daquele quarto onde se tinham amado, leu o que ele tinha escrito na manhã anterior.

Quando acabou, Adrienne baixou a mão que segurava a carta e deixou-se ficar sentada, sem se mexer, a imaginá-lo ali sentado, a escrever-lhe. Depois, dobrando a carta com todo o cuidado, meteu-a na mala de viagem, juntamente com o búzio. Quando Jean chegou, horas mais tarde, Adrienne estava encostada ao corrimão do alpendre das traseiras, a olhar para o céu.

Jean apareceu com a exuberância habitual; contente por ver a Adrienne, contente por estar de regresso a casa, falando sem cessar do casamento e do velho hotel de Savannah onde tinha ficado. Adrienne deixou-a contar as histórias sem a interromper e, depois do jantar, disse à amiga que gostava de ir dar uma volta pela praia. Felizmente, Jean declinou o convite para a acompanhar.

Quando regressou, Jean estava no quarto a esvaziar a mala, e Adrienne aproveitou para preparar um chá e foi sentar-se junto da lareira. Já estava há um bocado a descansar, quando ouviu Jean a dirigir-se à cozinha.

— Onde é que tu estás? — chamou Jean.

— Estou aqui — respondeu Adrienne.

Jean entrou na sala segundos depois.

— Terei ouvido o assobio da chaleira ou foi impressão minha?

— Acabo de preparar uma chávena.

— Desde quando é que tu bebes chá?

Adrienne soltou uma pequena gargalhada, mas não deu resposta. A amiga sentou-se na outra cadeira. Lá fora, a Lua subia no céu, nítida e brilhante, fazendo a areia brilhar com a cor das panelas e frigideiras antigas.

— Esta noite pareces-me muito calada — observou Jean.

— Desculpa — justificou-se Adrienne. — Só estou um pouco cansada. Parece-me que estou mesmo pronta para regressar a casa.

— Acredito. Comecei a contar os quilómetros logo que saí de Savannah, mas felizmente não apanhei muito trânsito. Não estamos na época, como sabes. — Adrienne aquiesceu. Jean recostou-se na cadeira. — Correu tudo bem com o Paul Flanner? Espero que a tempestade não lhe tenha arruinado a viagem.

Ouvir o nome dele provocou um espasmo na garganta de Adrienne, mas tentou aparentar calma. — Não penso que a tempestade o tenha afectado minimamente — respondeu.

— Como é que ele é? A julgar pela voz, achei-o um bocado pedante.

— Não, de maneira nenhuma. Foi... simpático.

— Foi esquisito, estares aqui sozinha com ele?

— Não. Não, desde que me habituei à ideia.

Jean ficou a ver se Adrienne acrescentava qualquer outro pormenor, mas a amiga não disse mais nada.

— Bem... — continuou Jean. — E não tiveste problemas a entaipar a casa.

— Não.

— Ainda bem. Agradeço o favor que me fizeste. Sei que estavas à espera de um fim-de-semana descansado, mas parece-me que o Destino resolveu pregar-te uma partida, não foi?

— Acho que não. — Talvez fosse a maneira como falou que provocou aquele olhar da Jean, aquela curiosa expressão na cara dela. Subitamente, precisando de ar, Adrienne acabou de beber o chá. — Jean, odeio-me por te fazer isto — disse, a esforçar-se ao máximo para a voz lhe soar natural —, mas acho que a minha noite acaba aqui. Estou cansada e amanhã tenho um longo caminho a percorrer. Fiquei contente por saber que te divertiste nesse casamento.

Ante a forma abrupta como a amiga deu o serão por findo, Jean arqueou ligeiramente as sobrancelhas.

— Oh... muito bem, obrigada — respondeu. — Boa noite.

Adrienne sentiu-se atingida pela expressão de dúvida de Jean, mesmo quando já ia a subir a escada. Depois de abrir a porta do quarto azul, despiu a roupa e arrastou-se para a cama, nua e sozinha. O cheiro de Paul tinha ficado na almofada e nos lençóis; quase sem dar por isso, contornou os seios com os dedos enquanto aspirava aquele cheiro e ficou assim, a combater o sono até não poder aguentar mais. Na manhã seguinte, depois de se levantar, fez café e foi dar outro passeio pela praia.

Encontrou dois casais na meia hora que passou ao ar livre. Uma corrente quente fizera subir a temperatura na ilha, o que ia atrair ainda mais pessoas para a beira-mar.

Paul já deveria estar na clínica e ela bem gostaria de saber como seria o local. Tinha uma imagem na cabeça, algo que tinha visto num desses canais que passam filmes sobre o mundo natural; uma série de construções de má qualidade, rodeadas pela floresta que ameaçava engolir tudo, sulcos profundos em estradas de terra batida, o chilrear de aves exóticas como música de fundo, mas não fazia ideia se a visão era a mais correcta. Gostaria de saber se ele já tinha falado com Mark, como teria corrido o encontro e se Paul, como sucedia com ela, estava ainda a reviver mentalmente o fim-de-semana.

A cozinha estava vazia quando regressou. Viu o açucareiro destapado e uma chávena vazia junto da máquina de café. Ouviu sons abafados no andar de cima, alguém que cantarolava.

Seguiu o som e, ao atingir o primeiro andar, viu a porta do quarto azul aberta. Aproximou-se mais, abrindo a porta completamente, e viu a Jean a entalar o último canto de um lençol lavado. Os lençóis usados, os lençóis que tinham envolvido o corpo dela e de Paul, tinha sido amarfanhados e atirados para o chão.

Adrienne ficou a olhar para os lençóis, sabendo que o seu desgosto era ridículo, mas apercebendo-se, de súbito, de que teria de decorrer pelo menos um ano até que voltasse a sentir o cheiro de Paul Flanner. Inspirou ruidosamente, a tentar conter um soluço.

Jean foi surpreendida pelo som e voltou-se, de olhos esbugalhados.

— Adrienne? — perguntou. — Sentes-te bem?

Mas Adrienne não pôde responder-lhe. Só conseguiu levar as mãos às faces, consciente de que, a partir daquele preciso momento, iria marcar no calendário os dias que faltavam para o regresso de Paul.

* * *

— Paul — respondeu Adrienne — está no Equador.

Conseguiu dizer aquilo com uma voz que a surpreendeu pela firmeza.

— No Equador — repetiu Amanda. Ficou a matraquear a mesa com os dedos e a olhar para a mãe. — Por que é que não voltou?

— Não pôde.

— Porquê?

Em vez de responder, a mãe levantou a tampa da caixa que trouxera do quarto. Tirou de lá uma folha de papel que, a Amanda, pareceu ter pertencido a um caderno escolar. Dobrada, tinha amarelecido com a idade. Amanda viu o nome da mãe escrito na frente.

— Antes de te contar — continuou Adrienne —, quero responder à outra pergunta que fizeste.

— Que outra pergunta?

A mãe sorriu.

— Perguntaste-me se tinha a certeza de que o Paul me amava. — Dito isto, empurrou a folha de papel na direcção da filha. — Este é o bilhete que me deixou no dia da partida.

Amanda hesitou antes de pegar na folha de papel, mas depois desdobrou-a lentamente. Com a mãe a observá-la do outro lado da mesa, começou a ler.

«Querida Adrienne,

esta manhã, não estavas ao meu lado quando acordei e, embora conheça o motivo de já não estares ali, desejei que estivesses. Sei que estou a ser egoísta, mas suponho que esse é um dos traços do meu carácter de que não me libertei, a única constante de toda a minha vida.

Se leres este bilhete, é sinal de que parti. Quando acabar de o escrever, vou descer a escada e pedir-te para ficar junto de ti mais algum tempo, mas não alimento ilusões quanto à resposta que vais dar-me.

Isto não é um adeus e não quero que penses, nem por um instante, que essa é a finalidade desta carta. Em vez disso, digo-te que vou encarar este ano que temos pela frente como uma oportunidade de te conhecer ainda melhor. Já ouvi falar de pessoas que se apaixonam através de cartas e, embora já estejamos apaixonados, isso não quer dizer que o nosso amor não possa ser ainda mais profundo, pois não? Gostaria de pensar que tal é possível e, se queres saber a verdade, essa convicção é a única que me poderá ajudar a passar este próximo ano sem a tua companhia.

Fecho os olhos, vejo-te a caminhar pela praia no primeiro serão que passámos juntos. Com os relâmpagos a iluminarem-te o rosto, estavas incrivelmente bonita e penso que essa foi uma das razões que me levaram a abrir-me contigo, contando-te coisas que nunca tinha contado a ninguém. Porém, não fui motivado apenas pela tua beleza. Foi por tudo o que és, pela tua coragem e pela tua paixão, pela sabedoria cheia de bom senso com que encaras o mundo. Julgo que senti em ti estas qualidades logo da primeira vez em que tomámos café juntos e, se assim pode dizer-se, quanto melhor te conhecia mais sentia a falta dessas qualidades na minha própria vida. Tu és uma preciosidade difícil de encontrar, Adrienne, e sinto-me um homem feliz por ter tido a oportunidade de te conhecer.

Espero que estejas bem. Ao escrever-te esta carta, sei que não estou. Dizer-te adeus hoje é a tarefa mais difícil de toda a minha vida; quando regressar, posso honestamente jurar que nunca mais voltarei a fazê-lo. Amo-te por tudo o que partilhámos e já te amo, por antecipação, por tudo o que ainda temos para viver. Conhecer-te foi a melhor coisa que alguma vez me sucedeu. Já estou a sentir a tua falta mas, do fundo do coração, penso que estarás sempre comigo. Nos poucos dias que passei contigo, transformaste-te no meu sonho.

Paul»

* * *

O ano que se seguiu à partida de Paul, não teve paralelo em nenhum dos outros anos da vida de Adrienne. À superfície, tudo continuou na mesma. Participava activamente da vida dos filhos, ia ver o pai todos os dias, trabalhava na biblioteca, como fazia antes. No entanto, sentia um novo bem-estar, alimentado pelo segredo que transportava consigo e a sua nova maneira de encarar a vida não passou despercebida às pessoas que estavam à sua volta. Sorria com mais frequência, comentavam as pessoas, e até os filhos notavam uma vez por outra que a mãe fazia passeios depois do jantar e que por vezes passava uma hora a deliciar-se na banheira, ignorando o tumulto que se desencadeava à sua volta.

Nesses momentos pensava sempre no Paul, mas a imagem dele era mais real sempre que via a carrinha do correio a subir a rua, parando e voltando a arrancar a cada entrega.

O carteiro chegava habitualmente entre as dez e as onze horas da manhã; Adrienne ficava por detrás das cortinas, a ver a carrinha parar em frente da sua porta. Corria para a caixa do correio logo que a carrinha arrancava, fazia uma escolha rápida entre aquele molho de sobrescritos, à procura dos sinais característicos das cartas dele: os sobrescritos de correio aéreo de cor bege seus preferidos, selos postais que mostravam um mundo de que ela não sabia nada, o nome dele rabiscado no canto superior esquerdo.

Quando chegou a primeira carta, leu-a no alpendre das traseiras. Logo que acabou a leitura, recomeçou do princípio e leu-a uma segunda vez, mas mais devagar, com pausas frequentes para meditar sobre o que lia. Fez o mesmo com cada uma das cartas subsequentes e, como continuaram a chegar com regularidade, percebeu que a mensagem transmitida pelo bilhete de despedida de Paul era verdadeira. Embora não fosse tão agradável como estar a vê-lo ou a sentir-se enlaçada nos seus braços, a paixão contida nas palavras concorria, de certa forma, para encurtar a distância entre eles.

Adorava imaginar como seria a expressão dele ao escrever as cartas. Imaginava-o a escrever numa secretária desconjuntada, com uma única lâmpada a iluminar-lhe a face cansada. Gostaria de saber se ele escrevia depressa, se as palavras fluíam sem interrupção, ou se tinha de parar de vez em quando, de olhos no infinito, a pôr os pensamentos em ordem. A imagem não era sempre a mesma, umas vezes tomava uma forma, que podia ser alterada pela carta seguinte, tudo a depender do que ele tinha escrito. Era frequente que Adrienne interrompesse a leitura e fechasse os olhos, a tentar adivinhar o estado de espírito do Paul no momento em que escrevia a carta.

Escrevia-lhe de volta, para responder a perguntas e para lhe contar o que se passava na sua vida. Nessas alturas, quase conseguia vê-lo a seu lado; se a brisa lhe agitava o cabelo, era como se Paul lhe estivesse a acariciar as madeixas com as pontas dos dedos, se ouvia o tiquetaque de um relógio, associava-o às batidas do coração, que ouvia quando pousava a cabeça no peito dele. Contudo, logo que pousava a caneta, o pensamento fugia-lhe sempre para os últimos momentos que tinham passado juntos: abraçados na vereda de acesso à estalagem, o roçar suave dos lábios dele, a promessa de que a separação era apenas por um ano, que depois ficariam juntos para sempre.

Paul também lhe telefonava com frequência, sempre que tinha oportunidade de ir à cidade mais próxima, mas ouvir a ternura da sua voz provocava-lhe sempre um aperto no coração. O mesmo acontecia com o som das suas gargalhadas ou com o tom magoado quando lhe falava das saudades que tinha dela. Telefonava durante o dia, quando os filhos estavam na escola, e sempre que ouvia o telefone tocar, esperava um pouco antes de atender, na expectativa de que fosse ele. As conversas não eram longas, raramente atingiam os vinte minutos, mas, juntamente com as cartas, permitiram-lhe suportar os meses que se seguiram.

Na biblioteca começou a fotocopiar páginas de uma grande variedade de livros onde se falava do Equador; tudo, da geografia à história do país, qualquer coisa que lhe despertasse a atenção. Numa ocasião em que uma revista de viagens publicou um artigo sobre a cultura local, comprou a revista e ficou sentada durante horas, a estudar as fotografias e praticamente a decorar o texto, a tentar aprender tudo o que pudesse sobre as pessoas com quem Paul estava a trabalhar. Algumas vezes, mesmo sem querer, punha-se a imaginar se alguma das mulheres de lá o olhava com o mesmo desejo que ela sentira, concluindo ser provável que isso acontecesse com algumas.

Também passava os olhos pelos microfilmes de jornais e revistas sobre Medicina, à procura de informações sobre a vida de Paul em Raleigh. Nunca lhe falou destas pesquisas — nas cartas ele fazia referência a essa parte da sua vida, afirmando que não pretendia voltar a ser aquela pessoa — mas sentia-se curiosa. Encontrou o artigo publicado no *Wall Street Journal*, com um desenho dele a seguir ao título. No artigo dizia-se que tinha 38 anos e, ao analisar o desenho, viu pela primeira o aspecto dele quando era mais jovem. Embora tivesse reconhecido a gravura imediatamente, havia algumas diferenças notórias: o cabelo mais escuro com risco ao lado, o rosto sem rugas, a expressão demasiado séria, quase dura. Ficou a reflectir no que ele pensaria agora daquele artigo, ou se lhe daria qualquer importância.

Também descobriu algumas fotografias dele em números antigos do *Raleigh News and Observer*: a encontrar-se com o governador ou a assistir à inauguração de uma nova ala no Duke Medical Center. Reparou que não aparecia a sorrir em qualquer das fotografias. Aquele era, pensou, um Paul que não conseguia sequer imaginar.

Em Março, sem qualquer razão especial, Paul mandou que lhe entregassem rosas em casa, uma entrega que se repetiu durante os meses seguintes. Colocava as rosas na sala, partindo do princípio de que os filhos acabariam por dar com elas e por lhe falarem do assunto, mas eles andavam imersos nos seus próprios mundos e nunca o fizeram.

Em Junho voltou a Rodanthe para passar um fim-de-semana prolongado na companhia da Jean. Quando chegou, pareceu-lhe que Jean estava impaciente, como se ainda tentasse descobrir o que tinha preocupado a Adrienne da última vez que estivera na estalagem. Contudo, uma hora de alegre conversa foi o suficiente para fazer emergir a Jean de sempre. Adrienne fez vários passeios pela praia durante o fim-de-semana, sempre à procura de búzios, mas nunca encontrou um que não tivesse sido partido pelas ondas.

Quando regressou a casa, encontrou uma carta do Paul, com uma fotografia que o Mark lhe tinha tirado. Ao fundo via-se a clínica e Paul, embora mais magro do que seis meses antes, parecia de boa saúde. Apoiou a fotografia de encontro ao saleiro e ao pimenteiro e respondeu-lhe de imediato. Na carta era-lhe pedida uma fotografia; percorreu os álbuns de fotografias da família até encontrar uma que achasse digna de lhe oferecer.

O Verão foi quente e húmido; a maior parte de Julho foi passada dentro de casa, com o ar condicionado em funcionamento; em Agosto, Matt foi para a universidade, enquanto Amanda e Dan iniciavam o seu último ano na escola secundária. Quando as folhas das árvores começaram a amarelecer e a luz do sol de Outono se tornou mais suave, começou a pensar em coisas que ela e Paul poderiam fazer, quando ele regressasse. Pensou em ir ao Biltmore Estate, em Asheville, para observar as decorações de Natal; ficou a imaginar o que os filhos pensariam dele quando o vissem aparecer para a ceia de Natal, ou o que faria a Jean quando, logo a seguir ao Ano Novo, ela marcasse um quarto na estalagem, em nome dos dois. Não tinha dúvidas, pensou, de que a Jean receberia a notícia com ar perplexo. Conhecendo a Jean, achava que, para começar, não diria nada, preferindo exibir a sua expressão complacente, como se sempre tivesse sabido da história e já estivesse à espera da visita do casal.

Agora, ali sentada em frente da filha, Adrienne recordou aqueles planos, a meditar que, no passado, houvera momentos em que quase acreditara que eles tinham realmente acontecido. Costumava imaginar os cenários com todos os pormenores mais vibrantes, mas, ultimamente, tinha resolvido parar com as encenações. O desgosto que sofria depois de cada uma dessas fantasias deixava-lhe uma sensação de vazio e sabia que o seu tempo teria melhor aplicação a cuidar das pessoas que a rodeavam, as que ainda faziam parte da sua vida. Não queria mais sentir o desgosto que aqueles sonhos provocavam. Porém, havia alturas em que, por melhores que fossem as suas intenções, não conseguia evitá-los.

* * *

— Caramba — murmurou Amanda quando acabou de ler o bilhete e o entregou à mãe.

Adrienne voltou a dobrá-lo segundo os vincos originais, pô-lo de lado e entregou à filha a fotografia de Paul, a que Mark lhe tirara.

— Este é o Paul — informou.

Amanda pegou na fotografia. A despeito da idade, era mais bonito que imaginara. Analisou aqueles olhos que tanto pareciam ter agradado à mãe. Sorriu passados instantes.

— Estou a ver o motivo de teres ficado pelo beicinho. Tens mais?

— Não, é a única.

Amanda não disse nada, voltou a estudar a fotografia.

— Acho que me deste uma boa descrição dele — concluiu. — Ele mandou-te alguma fotografia do Mark?

— Não, mas são parecidos — respondeu a mãe.

— Conheceste-o?

— Conheci.

— Onde?

— Aqui.

Amanda enrugou a testa.

— Aqui, em casa?

— Esteve sentado onde tu estás agora.

— E onde é que nós estávamos?

— Na escola.

Amanda abanou a cabeça, como se estivesse a tentar entender todas aquelas informações novas.

— A tua história está a ficar confusa — concluiu.

Adrienne desviou os olhos e, lentamente, levantou-se. Ao deixar a cozinha, murmurou:

— Para mim também foi.

* * *

Em Outubro, o pai de Adrienne tinha recuperado um pouco dos acidentes vasculares anteriores, embora as melhoras não fossem suficientes para que pudesse deixar a clínica. A filha nunca deixou de lhe fazer companhia, não se poupando a esforços para o fazer sentir-se mais confortável.

Graças a um controlo apertado das despesas, tinha conseguido poupar o suficiente para o manter internado até Abril, mas, a partir dessa altura não sabia o que fazer. Era uma situação delicada e fez tudo o que pôde para que o pai não se apercebesse dos seus receios.

Na maioria dos dias, encontrava o som do televisor muito alto, como se as enfermeiras do turno da manhã achassem que o barulho poderia, graças a um qualquer mecanismo desconhecido, clarificar a neblina da mente do pai. A primeira coisa que fazia era desligar o aparelho. Para além das enfermeiras, ela era a única pessoa que visitava o pai todos os dias. Embora compreendesse a relutância dos filhos em virem ver o avô, mesmo assim gostaria que eles viessem. Não apenas pelo avô, que bem gostaria de os ver, mas para o próprio bem deles. Sempre pensara que passar tempo com a família é importante, tanto nas alegrias como nas tristezas.

O pai perdera a capacidade de falar, mas Adrienne sabia que ele compreendia o que lhe diziam. Com o lado direito do rosto paralisado, fazia um sorriso torcido que ela considerava afectuoso. Eram necessárias maturidade e paciência para olhar para lá das aparências e ver o homem que ele tinha sido; embora os filhos a tivessem por vezes surpreendido com a demonstração de tais qualidades, quase nunca se sentiam à vontade quando a mãe os forçava a visitarem o avô. Era como se olhassem para o avô e vissem um futuro que se recusavam a admitir, que se assustassem ante a perspectiva de também virem a acabar assim.

Adrienne chegava, ajeitava-lhe as almofadas ainda antes de se sentar, pegava-lhe na mão e conversava. Passava a maior parte do tempo a pô-lo ao corrente dos acontecimentos mais recentes, da família, ou de como os miúdos estavam a comportar-se e o pai ficava a olhar para ela, com os olhos sempre postos no rosto da filha, a única forma de comunicação silenciosa que tinha ao seu alcance. Sentada junto do pai, era inevitável que se lembrasse da infância, do odor da *Aqua-Velva* na cara do pai, do feno no estábulo do cavalo, do arranhar da barba quando o pai lhe dava o beijo de boas-noites, das palavras ternas que ele sempre usara desde os seus tempos de menina pequena.

Foi visitá-lo na véspera do Dia das Bruxas, sabendo o que tinha a fazer, achando que chegara a altura de o pai ficar a par do assunto.

— Há uma coisa que tenho de dizer-lhe — começou. Depois, nas palavras mais simples que encontrou, falou-lhe de Paul e de quanto aquele homem era importante para ela.

Quando acabou, ficou a magicar no que o pai pensaria acerca do que acabara de lhe contar. O pai tinha o cabelo branco e ralo, as sobrancelhas pareciam dois tufos de algodão.

Então, sorriu-se, aquele seu sorriso de esguelha e, embora não conseguisse emitir qualquer som, ela soube o que ele estava a tentar dizer-lhe.

Sentiu o nó na garganta, inclinou-se sobre a cama, a apoiar a cabeça no peito do pai. Com movimentos incertos da mão boa, o pai acariciou-lhe as costas. Por baixo do rosto, Adrienne sentia as costelas do pai, agora frágeis e quebradiças e a batida fraca do seu coração.

— Oh, paizinho — murmurou —, também tenho muito orgulho em si.

* * *

Na sala, Adrienne foi até à janela e puxou as cortinas para os lados. A rua estava vazia e as lâmpadas da iluminação pública estavam rodeadas por halos. Algures, lá longe, um cão ladrou a um intruso, verdadeiro ou imaginário.

Amanda continuava na cozinha, embora Adrienne soubesse que a filha acabaria por vir procurá-la. Apoiou os dedos na vidraça, o serão fora longo para ambas.

O que é que ela e Paul tinham sido um para o outro? Mesmo agora, ainda não tinha a certeza. A situação que viveram não era fácil de definir. Não fora seu marido, nem lhe prometera casamento; chamar-lhe namorado era fazer que a situação se assemelhasse a um capricho de adolescentes; amante só cobria uma parte dos sentimentos que tinham vivido juntos. Paul era a única pessoa da sua vida que desafiava qualquer definição. Quantas pessoas, perguntava a si própria, poderiam dizer o mesmo acerca de alguém que conhecessem?

Acima da sua cabeça, a mancha redonda da Lua estava rodeada de nuvens escuras, que rolavam para leste com a brisa. Na manhã seguinte, pensou, ia chover na zona costeira. Adrienne sabia que tinha razões para não mostrar as restantes cartas à filha.

Que podia Amanda aproveitar de uma leitura daquelas? Quando muito, ficaria a saber pormenores da vida da clínica e sobre a maneira como Paul passava os dias? Ou da relação entre pai e filho, e sobre a forma como esta evoluiu? Tudo isso estava claramente explicado nas cartas, bem como os seus pensamentos e temores, mas nada disso tinha interesse para o que Adrienne contava poder demonstrar à filha. Os dados que tinha seleccionado seriam suficientes.

No entanto, sabia que, mal a filha saísse, iria reler todas aquelas cartas uma vez mais, mesmo que o fizesse apenas por causa do que se passara nesta noite. À luz amarelada do candeeiro da mesa de cabeceira, correria o dedo pelas palavras, a saborear cada uma delas, pensando que valiam mais do que tudo o resto que lhe pertencia.

Esta noite, a despeito da presença da filha, Adrienne estava só. Estaria sempre só. Sabia isso antes, enquanto estava na cozinha a contar a sua história. Sabia-o agora que estava ali na sala, a olhar a rua através da janela. Por vezes, punha-se a pensar na pessoa que teria sido se o Paul nunca tivesse entrado na sua vida. Talvez tivesse voltado a casar-se e, mesmo suspeitando de que teria sido uma boa esposa, dava por si a pensar se teria conseguido arranjar um bom marido.

Não teria sido fácil. Algumas das suas amigas divorciadas voltaram a contrair matrimónio. A maioria dos sujeitos com quem se casaram pareciam bastante simpáticos, mas nenhum deles tinha semelhanças com o Paul. Talvez fossem parecidos com o Jack, nunca com o Paul. Acreditava que o romance e a paixão são possíveis em qualquer idade, mas tinha ouvido o suficiente para saber que muitas relações acabam por criar mais problemas do que aqueles que ajudam a solucionar. Quando tinha cartas a recordarem-lhe o tipo de homem que tinha perdido, Adrienne não queria contentar-se com o género de marido que as amigas estavam dispostas a aceitar. Qual seria o novo marido capaz de, por exemplo, escrever as palavras que Paul lhe escreveu na terceira carta, palavras que memorizou logo no dia em que as leu pela primeira vez?

«Quando durmo, sonho contigo e, quando acordo, desejo ter-te nos meus braços. O tempo que vivermos separados mais não fará do que convencer-me ainda mais, se tal for possível, de que quero passar as noites que me restam ao teu lado e os meus dias contigo no coração.»

Ou estas, da carta seguinte?

«Quando estou a escrever-te, sinto o teu hálito, e imagino que sentes o meu quando lês o que escrevo. Também se passa o mesmo contigo? Estas cartas são agora parte de nós, parte da nossa história, uma recordação

eterna do que fizemos com a nossa vida. Agradeço-te por me teres ajudado a sobreviver este ano mas, ainda mais importante, agradeço-te, antecipadamente, por todos os anos futuros.»

Ou até estas, depois de, no final do Verão, ele e Mark terem discutido, o que, como era inevitável, o deixou deprimido.

«Nos dias que passam desejo muitas coisas, mas, acima de tudo. gostaria que estivesses aqui comigo. É estranho, mas já não me recordo da última vez em que chorei, antes de te conhecer. Agora, segundo parece, tenho facilidade em fazer correr as lágrimas... mas tens uma maneira de demonstrar que os meus desgostos têm a sua utilidade, de explicar as coisas de modo a aliviares as minhas mágoas. És um tesouro, uma dádiva e, quando voltarmos a estar juntos, espero abraçar-te até os meus braços ficarem tão fracos que tenham de te soltar. Pensar em ti é, quantas vezes, a única coisa que me dá vontade de continuar.»

Ao olhar a face distante da Lua, Adrienne sabia a resposta. Não, pensou, não voltaria a encontrar um homem como o Paul; sem deixar de apoiar a testa na vidraça fria da janela, sentiu a presença de Amanda atrás de si. Soltou um suspiro, sabendo que tinha chegado a hora de concluir a narrativa.

— Estava assente que ele passaria o Natal aqui — contou Adrienne, numa voz tão baixa que obrigou a filha a um grande esforço para a ouvir. — Eu tinha tudo preparado, reservei quarto num hotel — continuou — de modo a podermos passar a primeira noite juntos. Até comprei uma garrafa de *Pinot Grigio*. — Teve de fazer uma pausa. — Nessa caixa que está em cima da mesa, há uma carta do Mark que explica tudo.

— O que é que aconteceu?

Sem sair do escuro, Adrienne voltou-se. Metade do rosto ficou na sombra e, ao ver aquela expressão na cara da mãe, Amanda sentiu um arrepio súbito.

Adrienne não respondeu logo e quando o fez, as palavras pareceram flutuar na escuridão.

— Não adivinhaste? — murmurou.

DEZASSETE

Amanda viu que a carta fora escrita no mesmo papel de apontamentos que Paul tinha usado para escrever o seu bilhete de despedida. Ao notar que as mãos lhe tremiam ligeiramente, apoiou-as, abertas, sobre o tampo da mesa.

Depois, inspirando profundamente, baixou os olhos para ler.

«Querida Adrienne,

depois de me sentar, apercebo-me de que nem sei como começar uma carta destas. Afinal, nunca nos encontrámos, embora a conheça através das descrições do meu pai, o que não é bem a mesma coisa. Bem gostaria de poder dizer-lhe tudo pessoalmente mas, devido aos ferimentos que sofri, ainda não estou em condições de sair deste lugar. Portanto, aqui estou, à procura das palavras e sem saber se aquilo que escrevo terá algum significado para si.

Peço desculpa por não ter telefonado mas, na altura, não lhe seria mais fácil ouvir o que vou agora dizer-lhe por escrito. Eu próprio estou ainda a tentar perceber tudo o que aconteceu e essa é, em parte, uma das razões que me levam a escrever-lhe.

Sei que o meu pai lhe falou de mim, mas julgo importante que conheça a história segundo a minha perspectiva. A minha esperança é poder desta forma contribuir para que conheça melhor o homem que a amou.

Tem de compreender que não tive um pai durante os meus anos de infância e adolescência. É claro que ele vivia lá em casa, que não deixava que faltasse coisa alguma, tanto à minha mãe como a mim, mas nunca estava presente, a não ser para me repreender sempre que conseguia apenas um «Bom» em qualquer disciplina. Recordo que quando era miúdo a escola realizava uma feira anual de ciências e que participei todos os anos; porém, desde o jardim infantil até ao oitavo ano, o meu pai não foi lá uma única vez. Nunca me levou a um jogo de basebol, nem nunca jogou à bola comigo no quintal ou me acompanhou num passeio de bicicleta. Disse-me que lhe falou de algumas destas falhas, mas pode acreditar que foi tudo pior do que ele provavelmente lhe fez crer. Para ser honesto, devo dizer que quando vim para o Equador esperava nunca mais ter de lhe pôr a vista em cima.

Então, ao contrário de tudo o que se poderia pensar, resolveu vir para aqui, para estar junto de mim. Tem de perceber que sempre existiu no meu pai um fundo de arrogância, que me habituei a detestar à medida que cresci, e pensei que a sua vinda teria a ver com isso. Dei comigo a imaginá-lo a tentar, assim de repente, agir como um pai, a debitar conselhos de que eu não precisava e também não tencionava pedir-lhe. Ou a reorganizar a clínica com o fim de a tornar mais eficiente, ou a trazer consigo ideias brilhantes para nos tornar a vida mais cómoda num lugar como este. Ou até a querer ser pago de alguns favores que foi fazendo ao longo dos anos e a trazer consigo uma equipa numerosa de novos médicos voluntários, dispostos a trabalhar na clínica, sem deixar de se assegurar que toda a comunidade de jornalistas lá da terra soubesse quem era o verdadeiro responsável por todas essas boas acções. O meu pai sempre adorara ver o seu nome em letra de imprensa e tinha a exacta consciência do que uma boa publicidade podia fazer por ele e pela clínica de que era dono. Na altura em que chegou, eu estava efectivamente a fazer as malas para voltar para casa, pronto para o deixar aqui sozinho. Tinha uma dúzia de respostas preparadas, capazes de contradizerem tudo o que pensava que ele me poderia dizer. Desculpas? Acordou um bocado tarde. Prazer em ver-te? Bem gostaria de poder dizer o mesmo. Julgo que devemos falar? Não acho que seja uma boa ideia. Em vez disso, limitou-se a dizer «olá» e, ao ver a minha expressão, virou as costas e seguiu. Foi o nosso único contacto durante a primeira semana que cá passou.

Não se registaram quaisquer mudanças bruscas. Esperei, durante meses, que ele resvalasse de novo para os seus velhos métodos, pronto a saltar sobre ele e a chamar-lhe a atenção para o facto. Mas tal nunca aconteceu. Nunca se queixou do trabalho ou das condições, dava sugestões apenas quando lhe eram pedidas directamente e, embora ele nunca o admitisse, o director acabou por dizer que os novos remédios e equipamentos de que carecíamos desesperadamente tinham sido doados pelo meu pai, que sempre insistira na necessidade de manter a oferta anónima.

Julgo que o facto que mais apreciei foi ele nunca ter fingido que éramos o que não éramos. Durante meses não fomos amigos, nem o considerei como meu pai, mas nunca tentou modificar a minha opinião quanto a isso. Não exerceu qualquer pressão e penso que foi esse o principal motivo que me levou a abandonar a atitude continuada de defesa.

Julgo que estou a tentar dizer que o meu pai estava mudado e que, pouco a pouco, comecei a verificar haver algo nele que merecia uma segunda oportunidade. E embora saiba que já estava algo modificado antes de a conhecer, penso que a senhora foi a principal causadora de ele se ter tornado o homem que foi. Antes de a conhecer andava em busca de qualquer coisa. E encontrou-a, sem dúvida, quando a conheceu.

O meu pai passava o tempo a falar de si e apenas posso fazer uma ideia vaga de quantas cartas lhe terá escrito. Amava-a, mas tenho a certeza de que sabe isso. O que talvez não saiba é que, antes de a senhora aparecer, estou inteiramente convencido de que ele não sabia o que significava amar alguém. O meu pai conseguia realizar uma série de coisas, mas estou convencido de que seria capaz de as trocar todas por uma vida junto de si. Não me é fácil escrever estas coisas, considerando que ele foi casado com a minha mãe, mas julguei que a Adrienne gostaria de o saber. E, em parte, estou convencido de que ficaria satisfeito ao pensar que eu tinha compreendido o que a senhora significava para ele.

De qualquer forma, a senhora transformou o meu pai e, graças a si, eu não trocaria a maneira como vivi este último ano por nada deste mundo. Não sei como conseguiu um resultado destes, mas fez do meu pai um homem de quem já sinto a falta. Salvou-o e, ao fazê-lo, penso que de certa maneira também me salvou a mim.

Sabe, ele teve de se deslocar à clínica secundária, nas montanhas, por minha causa. O tempo estava terrível naquela noite. Chovia há vários dias e as estradas tinham desaparecido por debaixo de torrentes de lama. Quando comuniquei pela rádio que não podia regressar porque o meu jipe não pegava, além de que estava iminente um desabamento de terras, ele resolveu pegar no outro jipe — apesar dos protestos veementes do director — para tentar chegar junto de mim. O meu pai veio salvar-me e, quando vi que era ele quem vinha a conduzir, julgo que foi a primeira vez em que o encarei como meu pai. Até àquele momento sempre fora o meu progenitor, não o meu pai, se é que me faço entender.

Conseguimos sair de lá mesmo a tempo. Passados uns minutos, ouvimos o estrondo de um dos lados da montanha a desabar, destruindo a clínica instantaneamente e recordo-me de termos olhado um para o outro, quase não querendo acreditar que estivéssemos salvos.

Gostaria de lhe poder contar o que depois correu mal, mas não consigo. O meu pai conduzia com cuidado e quase conseguimos fazer o caminho de regresso. Até cheguei a ver as luzes da clínica, mais abaixo, no vale. Porém, ao dobrarmos uma curva apertada, o jipe começou subitamente a deslizar e logo a seguir percebi que estávamos fora da estrada e aos tombos pela montanha abaixo.

Para além de um braço e algumas costelas partidas, não fiquei ferido com gravidade, mas apercebi-me de imediato que o mesmo não sucedera com o meu pai. Lembro-me de lhe pedido que se aguentasse, que ia à procura de socorro, mas agarrou-me a mão e obrigou-me a ficar quieto. Julgo que também soube que o fim estava próximo e quis ter-me junto de si.

Nesse momento, aquele homem que me tinha salvado a vida, pediu--me perdão.

Ele amava-a, Adrienne. Nunca se esqueça disso, por favor. Apesar do pouco tempo que passou junto de si, adorava-a, e só posso lamentar profundamente a perda que sofreu. Quando se sentir mal, como agora estou a sentir-me, conforme-se não só com a ideia de que ele faria pela Adrienne o mesmo que fez por mim, mas também com a certeza de que, graças a si, foi-me concedido o privilégio de conhecer, e de amar, o meu pai.

No fundo, acho que apenas estou a tentar dizer-lhe obrigado.

Mark Flanner»

* * *

Amanda pousou a carta sobre a mesa. Na cozinha, agora praticamente às escuras, conseguia ouvir a própria respiração. Adrienne tinha ficado na sala, sozinha com os seus pensamentos, e Amanda dobrou a carta lentamente, a pensar em Paul, a pensar na mãe e, por estranho que lhe parecesse, a pensar em Brent.

Com algum esforço, conseguiu recordar um Natal de há muitos anos, em que a mãe se mostrara muito pouco expansiva, com sorrisos que pareciam sempre um pouco forçados e as lágrimas inexplicáveis que, pensaram os filhos, teriam algo a ver com o pai deles.

Todos aqueles anos passados e ela sem se referir ao caso.

Apesar de a mãe e o Paul não terem passado juntos tantos anos como os que ela passara com Brent, Amanda descobriu, numa espécie de iluminação súbita, que a morte de Paul tinha atingido a mãe com intensidade igual à que ela própria tinha experimentado quando se sentou pela última vez junto da cama de Brent. Só houve uma diferença: A mãe não teve direito nem a um último adeus.

* * *

Ao ouvir o som abafado dos soluços da filha, Adrienne virou as costas à janela da sala e dirigiu-se para a cozinha. Amanda olhou-a em silêncio, de olhos arregalados por uma angústia muda.

Adrienne ficou parada, a observar a filha, até que, finalmente, abriu os braços. Como que por instinto, Amanda levantou-se, a tentar sem o conseguir estancar a torrente de lágrimas, e mãe e filha ficaram ambas de pé, a abraçaram-se durante muito, muito tempo.

DEZOITO

O ar tinha arrefecido ligeiramente, pelo que Adrienne resolveu acender algumas velas na cozinha, tanto para iluminar como para aquecer o ambiente. Sentada à mesa, tinha voltado a guardar a carta do Mark dentro da caixa, juntamente com o bilhete e a fotografia. Amanda observava-a calmamente, de mãos abandonadas no regaço.

— Lamento muito, mamã — disse em voz baixa. — Por tudo. Por perderes o Paul, por teres de arrastar sozinha com uma mágoa dessas. Não consigo imaginar quanto te terá custado manter toda essa dor guardada dentro de ti.

— Nem eu — respondeu a mãe. — Nunca o teria conseguido sem ajuda.

Amanda abanou a cabeça.

— Mas foi isso que fizeste — murmurou Amanda.

— Não. Sobrevivi, mas não sozinha.

A filha olhava-a, sem compreender. Adrienne mostrou um sorriso melancólico.

— O avô — acabou por dizer. — O meu pai. Foi juntamente com ele que chorei. Durante semanas, chorei todos os dias com ele. Sem ele, nem sei o que poderia ter acontecido.

— Mas...

Amanda não conseguiu concluir e a mãe foi em seu auxílio.

— Mas ele não falava, não é o que ias dizer? — Adrienne fez uma pausa. — Não precisou de falar. Ouviu e isso era tudo aquilo de que eu precisava. Além disso, eu tinha consciência de que ele não poderia dizer nada que aliviasse o meu desgosto, mesmo que conseguisse falar. — Levantou os olhos. — Sabes isso tão bem como eu.

Amanda mordeu o lábio.

— Gostaria que me tivesses contado — disse. — Há mais tempo, quero eu dizer.

— Por causa do Brent?

Amanda assentiu.

— Sei que terias gostado de saber, mas só agora te julguei pronta para ouvires a história. Precisavas de tempo para, à tua maneira e segundo os teus próprios termos, ultrapassares o desgosto.

Amanda ficou calada durante muito tempo.

— Não é justo. Tu e o Paul, eu e o Brent... — murmurou.

— Pois não, não é.

— Como é que conseguiste continuar depois de o perderes nessas circunstâncias?

Adrienne fez um sorriso tristonho.

— Aceitei a vida, um dia de cada vez. Não foi assim que fomos ensinadas a fazer? Sei que soa a banalidade, mas costumava acordar pela manhã e dizer a mim própria que só precisava de ser forte durante mais um dia. Apenas mais um dia. Fiz isso, uma e outra vez, durante muito tempo.

— Dito assim, parece muito simples — murmurou Amanda.

— Não foi. Foi o pior período da minha vida.

— Pior ainda do que quando o pai saiu de casa?

— Essa também foi uma altura má, embora diferente — respondeu a mãe, com um sorriso rápido. — Foste tu mesma que me disseste isso, recordas-te?

Amanda desviou o olhar. Sim, pensou, claro que me lembro.

— Gostaria de ter podido conhecê-lo.

— Terias gostado dele. Com o tempo, quero eu dizer. Na altura, talvez não. Continuavas a alimentar a esperança de que eu e o teu pai refizéssemos o casamento.

De ar melancólico, Amanda levou a mão à aliança de casamento que continuava a usar e fê-la rodar à volta do dedo.

— Sofreste duras perdas na tua vida.

— É verdade.

— Contudo, agora pareces tão feliz.

— Sou feliz.

— Como é que consegues?

Adrienne juntou as mãos.

— Quando penso na morte do Paul e nos anos que poderíamos ter vivido juntos, decerto me sinto infeliz. Senti a perda, na altura, e continuo a senti-la. Há, porém, uma outra coisa que tens de compreender: por mais difícil que tivesse sido, por mais terrível e injusta que a vida me parecesse, nunca trocaria os poucos dias que passei com ele por nada deste mundo. — Fez uma pausa, dando tempo a que a filha entendesse o que lhe estava a dizer. — Na carta do Mark está escrito que eu salvei o Paul dele próprio. No entanto, se o Mark tivesse pedido a minha opinião, ter-lhe-ia dito que nos salvámos um ao outro, ou que o Paul me salvou de mim mesma. Se não o tivesse conhecido, duvido de que alguma vez conseguisse perdoar ao Jack e nunca teria sido a mãe e a avó que sou hoje. Graças a ele, voltei a Rocky Mount sabendo que tudo ia correr bem, que os problemas se iam resolver e que, fosse como fosse, esta tua mãe ia sobreviver. E o ano que passámos a trocar cartas deu-me a força necessária para enfrentar a situação quando soube o que lhe tinha acontecido. Sim, fiquei devastada por tê-lo perdido mas, se de qualquer modo pudesse recuar no tempo e ficar a saber antecipadamente o que iria acontecer, mesmo assim, gostaria que ele tivesse ido ao Equador, por causa do filho. Ele precisava de esclarecer a situação com o Mark. O filho precisava dele. E ainda estavam a tempo de comporem as coisas.

Amanda desviou os olhos, sabendo que ela estava também a falar de Max e de Greg.

— Foi por isso que quis contar-te a história desde o início — continuou a mãe. — Não só por ter vivido o período difícil que estás a viver agora, mas também porque quis que percebesses quanto a relação com o filho era importante para o Paul. E aquilo que essa relação significa ainda hoje para o Mark. São feridas difíceis de curar e não quero provocar-te mais feridas do que as que já tens.

Estendeu o braço por cima da mesa e pegou na mão da filha.

— Sei que ainda sofres por teres perdido o Brent e não posso fazer nada para te ajudar nesse transe. Porém, se Brent aqui estivesse, dir-te-ia para te concentrares nos teus filhos, não no luto pela morte dele. Gostaria que recordasses os bons momentos, não os maus. E, acima de tudo, gostaria de saber que também vais ser feliz.

— Sei isso tudo...

Com uma ligeira pressão dos dedos, Adrienne não a deixou continuar.

— És mais forte do que pensas — continuou —, mas só na medida em que tiveres vontade de o seres.

— Não é assim tão fácil.

— Pois, decerto não é, mas tens de compreender que não estou a falar dos teus sentimentos. Não os conseguirás controlar. Vais continuar a chorar, vais ainda ter momentos em que não te achas capaz de prosseguir. Mas tens de agir como se tivesses tudo controlado. Numa altura destas, os teus actos são praticamente as únicas coisas que podes controlar. — Nova pausa. — Amanda, os teus filhos precisam de ti. Não julgo que tenha havido uma altura em que precisassem mais de ti. Todavia, nos últimos tempos não tens tido disponibilidade para eles. Sei que estás a sofrer, e sofro contigo, mas és mãe e não podes continuar a agir dessa forma. Brent não quereria tal coisa, mas os teus filhos estão a pagar um preço elevado.

Quando a mãe terminou, Amanda pareceu interessada em analisar a mesa. Mas, então, como num filme em câmara lenta, levantou a cabeça e olhou para cima.

Por muito que desejasse saber, Adrienne ficou sem fazer ideia do que estava a passar-se na cabeça da filha.

* * *

Quando Amanda chegou a casa, Dan estava a dobrar a última das toalhas que havia no cesto, enquanto deitava um olho para o televisor. As roupas tinham sido arrumadas em pilhas separadas, em cima da mesa do café. Num gesto automático, Dan levou a mão ao comando remoto para fazer baixar o volume de som.

— Já estava a pensar que tinhas decidido não voltar para casa — disse.

— Olá, viva — cumprimentou Amanda, a olhar à volta. — Onde é que estão os rapazes?

Dan apontou com a cabeça e acrescentou uma toalha verde à respectiva pilha.

— Foram para a cama há apenas uns minutos. Se queres dar-lhes as boas-noites, é provável que ainda os encontres acordados.

— E os teus miúdos, estão onde?

— Passei por casa e deixei-os, juntamente com a Kira. Só para saberes, o Max deixou cair um bocado de piza na *T-shirt* do *Scooby Doo*. Acho que é uma das preferidas dele, porque ficou muito aborrecido. Já a pus de molho, no lavatório, mas não consegui encontrar o tira-nódoas.

Amanda aquiesceu.

— Este fim-de-semana, vou comprá-lo. De qualquer forma, já tencionava ir às compras. Preciso de mais umas coisas.

Dan olhou para a irmã.

— Se fizeres uma lista, a Kira pode trazer-te tudo aquilo de que precisas. Sei que ela tenciona ir ao supermercado.

— Agradeço a oferta, mas é tempo de eu voltar a fazer esse tipo de coisas.

— Ora bem...

Mostrou um sorriso contrafeito. Por momentos, tanto ele como a irmã ficaram calados.

— Obrigada por teres levado os miúdos contigo — acabou Amanda por dizer.

Dan encolheu os ombros.

— Que grande coisa! Nós íamos, de qualquer maneira, e pensei que eles gostariam de ir também.

Amanda respondeu com sinceridade.

— Não. Quero agradecer-te por todas as vezes que fizeste o mesmo, desde há bastante tempo. Não é só por hoje. Tanto tu como o Matt têm sido fantásticos desde... desde que perdi o Brent e nem sei se vos tenho demonstrado o quanto vos estou agradecida.

Ao ouvir o nome de Brent, Dan desviou o olhar. Pegou no cesto da roupa, agora vazio.

— É para isso que servem os tios, ou não? — Mudou o pé de apoio, só para disfarçar o embaraço, mantendo o cesto à altura da barriga. — Queres que passe por cá amanhã e torne a levar os rapazes? Estou a pensar num passeio de bicicleta com os miúdos.

Amanda abanou a cabeça.

— Obrigada, mas penso que chegou a minha vez. — O irmão encarou-a com ar de dúvida, mas Amanda não pareceu reparar. Despiu o casaco e deixou-o em cima de uma cadeira, juntamente com a malinha de mão. — Esta noite tive uma longa conversa com a mamã.

— Há sim? Como é que correu?

— Se te contasse, não ias acreditar nem em metade.

— O que é que ela disse?

— Tinhas de ter assistido, só ouvindo. Contudo, hoje soube uma coisa acerca dela. — Dan alçou uma sobrancelha, à espera de ouvir mais.

— É mais forte do que parece — disse Amanda.

O irmão soltou uma gargalhada.

— Pois... decerto é forte. Chora sempre que morre um dos peixinhos dourados.

— Talvez isso seja verdade, mas em muitos aspectos tomara eu ser tão forte como ela.

— Quero crer que sim.

Ao ver a expressão séria da irmã, Dan percebeu, com espanto, que Amanda não estava a tentar fazer espírito. Enrugou a testa.

— Espera lá — exclamou —, estás a falar da *nossa* mãe?

* * *

Dan saiu minutos depois, sem ter conseguido, apesar dos seus esforços, que a irmã lhe desse qualquer pormenor da conversa que tivera com a mãe. Amanda compreendia os motivos do silêncio da mãe, tanto no passado como nos anos mais recentes, e sabia que a mãe não hesitaria em dá-los a conhecer ao Dan se entendesse dever fazê-lo.

Amanda fechou a porta depois de o irmão ter saído e ficou a olhar para a sala. Para além de ter dobrado a roupa, Dan tinha arrumado a casa; recordou que quando saiu, havia cassetes de vídeo espalhadas junto do televisor, uma pilha de chávenas vazias em cima da mesa, revistas de um ano inteiro empilhadas em equilíbrio precário na mesa junto da porta.

Dan tinha cuidado de tudo. Uma vez mais.

Apagou as luzes, a pensar em Brent, a reflectir sobre os últimos oito meses, a pensar nos filhos. Greg e Max partilhavam um quarto no fundo do corredor; o quarto de casal ficava do lado oposto. Nos últimos tempos aquela distância estava a revelar-se demasiada para ser percorrida no final do dia. Antes de Brent ter morrido, antes de lhes puxar a roupa até aos queixos, costumava acompanhar os rapazes nas preces nocturnas e lia-lhes histórias de livros infantis com gravuras coloridas.

Esta noite, o irmão tinha-se encarregado dessa parte. Na noite anterior, ninguém o fizera.

Dirigiu-se para a escada. A casa estava às escuras; o corredor do andar de cima estava sombreado de preto. Ao chegar ao cimo da escada, ouviu os murmúrios abafados dos dois filhos. Percorreu o corredor e parou à porta do quarto deles, à escuta.

Dormiam em camas iguais, com edredões decorados com dinossauros e carros de corrida; havia brinquedos espalhados entre as camas. A luz da noite brilhava num candeeiro colocado perto do armário e, no silêncio, tornou a pensar como os dois rapazes se pareciam com o pai.

Os miúdos ficaram quietos. Sabendo-se observados, fingiram que estavam a dormir, como se se sentissem seguros ao esconderem-se da mãe.

O soalho rangeu com o peso dela. Max parecia conter a respiração. Greg espreitou-a pelo canto do olho e cerrou as pálpebras logo que Amanda se sentou junto dele. Inclinando-se, a mãe beijou-o na face e passou-lhe uma mão carinhosa pelos cabelos.

— Olá — sussurrou. — Estás a dormir?

— Estou — respondeu o petiz.

Amanda sorriu.

— Queres dormir esta noite com a mamã? Na cama grande? — murmurou.

Greg pareceu necessitar de algum tempo para perceber o que a mãe lhe disse.

— Contigo?

— Sim.

— Quero — respondeu e a mãe ficou a vê-lo sentar-se na cama e deu-lhe outro beijo. Chegou-se à cama do Max. A luz vinda da janela dava reflexos dourados, como os das luzes de Natal, ao cabelo do filho.

— Olá, doçura.

Max engoliu em seco mas continuou de olhos fechados.

— Também posso ir?

— Se quiseres.

— Eu quero — foi a resposta.

A mãe sorriu ao vê-los saltar da cama mas, quando ambos já estavam a caminho da porta, puxou-os para trás e abraçou-os. Exalavam o cheiro típico dos rapazes pequenos, a pó, a erva, à própria inocência.

— E se amanhã fôssemos até ao parque para, mais tarde, comermos uns gelados?

— Podemos pôr os papagaios a voar? — perguntou Max.

Amanda apertou-o um pouco mais, enquanto fechava os olhos.

— Durante todo o dia. E no dia seguinte também, se quiseres.

DEZANOVE

Já passava da meia-noite. Adrienne estava sentada na cama, a segurar o búzio com as duas mãos. Dan tinha telefonado uma hora antes, com grandes novidades acerca da irmã.

— Disse-me que amanhã ia passear com os rapazes, só os três. Acrescentou que os miúdos precisavam de estar com a mãe — comentou, antes de fazer uma pausa. — Não sei o que lhe disseste mas, fosse o que fosse, resultou.

— Fico contente.

— Então, o que é que lhe disseste? Ela mostrou-se, como hei-de dizer, algo circunspecta acerca do assunto.

— Disse-lhe o mesmo que tenho vindo a dizer-lhe desde o início. O mesmo que tu e o Matt também lhe têm andado a dizer.

— Então, por que é que desta vez ela ouviu?

— Julgo — começou Adrienne, a escolher bem as palavras — que finalmente quis ouvir.

Mais tarde, depois de desligar o telefone, voltou as ler as cartas do Paul, como sabia que teria de fazer. Embora as lágrimas tornassem difícil a leitura do que Paul escrevera, as suas próprias cartas eram ainda mais difíceis de ler. Leu também, como fizera vezes sem conta, aquelas palavras que escrevera ao Paul durante o ano em que estiveram separados. As cartas dela estavam no segundo maço; no maço que Mark Flanner trouxera consigo quando a visitara, ali em casa, dois meses depois de Paul ter sido enterrado no Equador.

Amanda saiu antes de se lembrar de fazer perguntas acerca da visita de Mark e a mãe também não a encorajara a perguntar.

A filha voltaria decerto a falar do assunto mas, mesmo agora, Adrienne não sabia muito bem o que deveria responder-lhe. Essa era a parte da história que tinha guardado exclusivamente para si durante todos aqueles anos, que tinha mantido tão fechada como as próprias cartas. Nem o pai sabia o que Paul tinha feito.

Levantou-se da cama e, aproveitando a luz pálida da rua que a janela deixava entrar, foi ao armário buscar um casaco e um lenço, desceu a escada e saiu para o exterior pela porta das traseiras.

As estrelas brilhavam como as pequenas lantejoulas de uma capa de ilusionista e o ar estava frio e húmido. No jardim, havia poças de água escura que reflectiam as cintilações vindas do céu. As janelas das casas dos vizinhos estavam iluminadas e, por muito que soubesse que se tratava apenas de imaginação sua, quase podia sentir o cheiro da maresia no ar, como se a neblina do mar já estivesse por cima dos jardins da vizinhança.

Mark tinha-a visitado numa manhã de Fevereiro; continuava de braço engessado num aparelho, mas ela mal notara esses pormenores. Em vez disso, deu consigo a encará-lo de frente, sem conseguir desviar os olhos do rosto dele. Parecia, pensou, a cópia exacta do pai. Depois de lhe abrir a porta e de ser presenteada com o mais triste dos sorrisos, Adrienne teve de dar um pequeno passo atrás, numa tentativa desesperada de conter as lágrimas.

Sentaram-se à mesa, com duas chávenas de café entre eles, e Mark tirou o maço de cartas da pasta que trazia consigo.

— Ele guardou-as — informou. — Não sabia o que fazer com elas, excepto devolvê-las à autora.

Adrienne mostrou satisfação ao recebê-las.

— Obrigada pela sua carta — disse ela. — Adivinho quanto lhe deve ter custado a escrever.

— Não tem de quê.

Mark ficou em silêncio durante uns instantes. Depois, informou-a do motivo da visita.

Agora, no alpendre, Adrienne sorria ao pensar no que Paul tinha feito por ela. Recordou-se de que, logo que Mark saiu, foi visitar o pai à clínica de recuperação, um lugar de onde o pai jamais teria necessidade de sair. Como Mark explicou enquanto esteve sentado à frente dela, na cozinha, Paul tinha tratado de tudo para que o pai pudesse permanecer na casa de repouso até ao fim dos seus dias — uma surpresa que se preparava para lhe anunciar pelo Natal. Quando ela esboçou um protesto, Mark esclareceu que Paul teria ficado muito desconsolado se soubesse que ela não queria aceitar a oferta.

— Por favor — acabou por implorar —, era o que o meu pai queria.

Nos anos que se seguiram, nunca mais deixou de apreciar aquele gesto final do Paul, tal como apreciava todas as recordações dos poucos dias que passaram juntos. Paul continuava a significar tudo para ela, sempre significaria tudo para ela e, naquele ar frio do final da tarde, Adrienne sentiu que nunca deixaria de pensar assim.

Sabia que já vivera mais anos do que os tinha para viver, embora sem a consciência de ter tido uma vida longa. Houve anos inteiros que se lhe varreram da memória, como se fossem pegadas deixadas na areia, à beira-mar, quando a maré está a encher. Por vezes pensava que, com excepção dos dias vividos com Paul Flanner, tinha passado pela vida como uma criança que é levada numa longa viagem de automóvel, que nada mais faz do que olhar pela janela, a ver as constantes alterações da paisagem.

Tinha-se apaixonado por um estranho no decurso de um fim-de-semana e nunca mais voltaria a apaixonar-se. O desejo de voltar a amar tinha acabado numa vereda de montanha do Equador. Paul tinha morrido para salvar o filho e, nesse momento, uma parte dela morreu também.

Todavia, não sentia amargura. Numa situação semelhante, sabia que também tentaria salvar os seus próprios filhos. Sim, Paul tinha morrido, mas tinha-lhe deixado tantas coisas. Com ele encontrou o amor e a alegria, além de uma força de que nunca se julgara possuidora, riquezas de que jamais poderia ser despojada.

Todavia, agora estava tudo acabado; tudo menos as recordações e essas eram mantidas com carinhos infinitos. Eram tão reais como a cena que agora tinha diante dos olhos e, contendo as lágrimas que tinham começado a rolar na escuridão do seu quarto, levantou o queixo. Olhou o céu e inspirou profundamente, a ouvir um eco distante de ondas imaginárias, à medida que iam rebentando numa praia da ilha de Rodanthe, numa noite de tempestade.

GRANDES NARRATIVAS

1. O Mundo de Sofia,
   JOSTEIN GAARDER
2. Os Filhos do Graal,
   PETER BERLING
3. Outrora Agora,
   AUGUSTO ABELAIRA
4. O Riso de Deus,
   ANTÓNIO ALÇADA BAPTISTA
5. O Xangô de Baker Street,
   JÔ SOARES
6. Crónica Esquecida d'El Rei D. João II,
   SEOMARA DA VEIGA FERREIRA
7. Prisão Maior,
   GUILHERME PEREIRA
8. Vai Aonde Te Leva o Coração,
   SUSANNA TAMARO
9. O Mistério do Jogo das Paciências,
   JOSTEIN GAARDER
10. Os Nós e os Laços,
    ANTÓNIO ALÇADA BAPTISTA
11. Não É o Fim do Mundo,
    ANA NOBRE DE GUSMÃO
12. O Perfume,
    PATRICK SÜSKIND
13. Um Amor Feliz,
    DAVID MOURÃO-FERREIRA
14. A Desordem do Teu Nome,
    JUAN JOSÉ MILLÁS
15. Com a Cabeça nas Nuvens,
    SUSANNA TAMARO
16. Os Cem Sentidos Secretos,
    AMY TAN
17. A História Interminável,
    MICHAEL ENDE
18. A Pele do Tambor,
    ARTURO PÉREZ-REVERTE
19. Concerto no Fim da Viagem,
    ERIK FOSNES HANSEN
20. Persuasão,
    JANE AUSTEN
21. Neandertal,
    JOHN DARNTON
22. Cidadela,
    ANTOINE DE SAINT-EXUPÉRY
23. Gaivotas em Terra,
    DAVID MOURÃO-FERREIRA
24. A Voz de Lila,
    CHIMO
25. A Alma do Mundo,
    SUSANNA TAMARO
26. Higiene do Assassino,
    AMÉLIE NOTHOMB
27. Enseada Amena,
    AUGUSTO ABELAIRA
28. Mr. Vertigo,
    PAUL AUSTER
29. A República dos Sonhos,
    NÉLIDA PIÑON
30. Os Pioneiros,
    LUÍSA BELTRÃO
31. O Enigma e o Espelho,
    JOSTEIN GAARDER
32. Benjamim,
    CHICO BUARQUE
33. Os Impetuosos,
    LUÍSA BELTRÃO
34. Os Bem-Aventurados,
    LUÍSA BELTRÃO
35. Os Mal-Amados,
    LUÍSA BELTRÃO
36. Território Comanche,
    ARTURO PÉREZ-REVERTE
37. O Grande Gatsby,
    F. SCOTT FITZGERALD
38. A Música do Acaso,
    PAUL AUSTER
39. Para Uma Voz Só,
    SUSANNA TAMARO
40. A Homenagem a Vénus,
    AMADEU LOPES SABINO
41. Malena É Um Nome de Tango,
    ALMUDENA GRANDES
42. As Cinzas de Angela,
    FRANK McCOURT
43. O Sangue dos Reis,
    PETER BERLING
44. Peças em Fuga,
    ANNE MICHAELS
45. Crónicas de Um Portuense Arrependido,
    ALBANO ESTRELA
46. Leviathan,
    PAUL AUSTER
47. A Filha do Canibal,
    ROSA MONTERO
48. A Pesca à Linha – Algumas Memórias,
    ANTÓNIO ALÇADA BAPTISTA
49. O Fogo Interior,
    CARLOS CASTANEDA
50. Pedro e Paula,
    HELDER MACEDO
51. Dia da Independência,
    RICHARD FORD
52. A Memória das Pedras,
    CAROL SHIELDS
53. Querida Mathilda,
    SUSANNA TAMARO
54. Palácio da Lua,
    PAUL AUSTER
55. A Tragédia do Titanic,
    WALTER LORD
56. A Carta de Amor,
    CATHLEEN SCHINE
57. Profundo como o Mar,
    JACQUELYN MITCHARD
58. O Diário de Bridget Jones,
    HELEN FIELDING
59. As Filhas de Hanna,
    MARIANNE FREDRIKSSON
60. Leonor Teles ou o Canto da Salamandra,
    SEOMARA DA VEIGA FERREIRA
61. Uma Longa História,
    GÜNTER GRASS
62. Educação para a Tristeza,
    LUÍSA COSTA GOMES
63. Histórias do Paranormal – Volume I,
    Direcção de RIC ALEXANDER
64. Sete Mulheres,
    ALMUDENA GRANDES
65. O Anatomista,
    FEDERICO ANDAHAZI
66. A Vida É Breve,
    JOSTEIN GAARDER
67. Memórias de Uma Gueixa,
    ARTHUR GOLDEN
68. As Contadoras de Histórias,
    FERNANDA BOTELHO
69. O Diário da Nossa Paixão,
    NICHOLAS SPARKS
70. Histórias do Paranormal – Volume II,
    Direcção de RIC ALEXANDER
71. Peregrinação Interior – Volume I,
    ANTÓNIO ALÇADA BAPTISTA
72. O Jogo de Morte,
    PAOLO MAURENSIG
73. Amantes e Inimigos,
    ROSA MONTERO
74. As Palavras Que Nunca Te Direi,
    NICHOLAS SPARKS
75. Alexandre, O Grande – O Filho do Sonho,
    VALERIO MASSIMO MANFREDI
76. Peregrinação Interior – Volume II,
    ANTÓNIO ALÇADA BAPTISTA
77. Este É o Teu Reino,
    ABILIO ESTÉVEZ
78. O Homem Que Matou Getúlio Vargas,
    JÔ SOARES
79. As Piedosas,
    FEDERICO ANDAHAZI
80. A Evolução de Jane,
    CATHLEEN SCHINE
81. Alexandre, O Grande – O Segredo do Oráculo,
    VALERIO MASSIMO MANFREDI
82. Um Mês com Montalbano,
    ANDREA CAMILLERI
83. O Tecido do Outono,
    ANTÓNIO ALÇADA BAPTISTA
84. O Violinista,
    PAOLO MAURENSIG
85. As Visões de Simão,
    MARIANNE FREDRIKSSON
86. As Desventuras de Margaret,
    CATHLEEN SCHINE
87. Terra de Lobos,
    NICHOLAS EVANS
88. Manual de Caça e Pesca para Raparigas,
    MELISSA BANK
89. Alexandre, o Grande – No Fim do Mundo,
    VALERIO MASSIMO MANFREDI
90. Atlas de Geografia Humana,
    ALMUDENA GRANDES
91. Um Momento Inesquecível,
    NICHOLAS SPARKS
92. O Último Dia,
    GLENN KLEIER
93. O Círculo Mágico,
    KATHERINE NEVILLE
94. Receitas de Amor para Mulheres Tristes,
    HÉCTOR ABAD FACIOLINCE
95. Todos Vulneráveis,
    LUÍSA BELTRÃO
96. A Concessão do Telefone,
    ANDREA CAMILLERI
97. Doce Companhia,
    LAURA RESTREPO
98. A Namorada dos Meus Sonhos,
    MIKE GAYLE
99. A Mais Amada,
    JACQUELYN MITCHARD
100. Ricos, Famosos e Beneméritos,
     HELEN FIELDING
101. As Bailarinas Mortas,
     ANTONIO SOLER
102. Paixões,
     ROSA MONTERO
103. As Casas da Celeste,
     THERESA SCHEDEL
104. A Cidadela Branca,
     ORHAN PAMUK
105. Esta É a Minha Terra,
     FRANK McCOURT
106. Simplesmente Divina,
     WENDY HOLDEN
107. Uma Proposta de Casamento,
     MIKE GAYLE
108. O Novo Diário de Bridget Jones,
     HELEN FIELDING
109. Crazy – A História de Um Jovem,
     BENJAMIN LEBERT
110. Finalmente Juntos,
     JOSIE LLOYD E EMLYN REES
111. Os Pássaros da Morte,
     MO HAYDER
112. A Papisa Joana,
     DONNA WOOLFOLK CROSS
113. O Aloendro Branco,
     JANET FITCH
114. O Terceiro Servo,
     JOEL NETO
115. O Tempo nas Palavras,
     ANTÓNIO ALÇADA BAPTISTA
116. Vícios e Virtudes,
     HELDER MACEDO
117. Uma História de Família,
     SOFIA MARRECAS FERREIRA
118. Almas à Deriva,
     RICHARD MASON
119. Corações em Silêncio,
     NICHOLAS SPARKS
120. O Casamento de Amanda,
     JENNY COLGAN
121. Enquanto Estiveres Aí,
     MARC LEVY
122. Um Olhar Mil Abismos,
     MARIA TERESA LOUREIRO
123. A Marca do Anjo,
     NANCY HUSTON
124. O Quarto do Pólen,
     ZOË JENNY
125. Responde-me,
     SUSANNA TAMARO
126. O Convidado de Alberta,
     BIRGIT VANDERBEKE
127. A Outra Metade da Laranja,
     JOANA MIRANDA
128. Uma Viagem Espiritual,
     BILLY MILLS e NICHOLAS SPARKS
129. Fragmentos de Amor Furtivo,
     HÉCTOR ABAD FACIOLINCE
130. Os Homens São como Chocolate,
     TINA GRUBE
131. Para Ti, Uma Vida Nova,
     TIAGO REBELO
132. Manuela,
     PHILIPPE LABRO
133. A Ilha Décima,
     MARIA LUÍSA SOARES
134. Maya,
     JOSTEIN GAARDER
135. Amor É Uma Palavra de Quatro Letras,
     CLAIRE CALMAN
136. Em Memória de Mary,
     JULIE PARSONS
137. Lua-de-Mel,
     AMY JENKINS
138. Novamente Juntos,
     JOSIE LLOYD E EMLYN REES
139. Ao Virar dos Trinta,
     MIKE GAYLE
140. O Marido Infiel,
     BRIAN GALLAGHER
141. O Que Significa Amar,
     DAVID BADDIEL
142. A Casa da Loucura,
     PATRICK McGRATH
143. Quatro Amigos,
     DAVID TRUEBA
144. Estou-me nas Tintas para os Homens Bonitos,
     TINA GRUBE
145. Eu até Sei Voar,
     PAOLA MASTROCOLA
146. O Homem Que Sabia Contar,
     MALBA TAHAN
147. A Época da Caça,
     ANDREA CAMILLERI
148. Não Vou Chorar o Passado,
     TIAGO REBELO
149. Vida Amorosa de Uma Mulher,
     ZERUYA SHALEV
150. Danny Boy,
     JO-ANN GOODWIN
151. Uma Promessa para Toda a Vida,
     NICHOLAS SPARKS
152. O Romance de Nostradamus – O Presságio,
     VALERIO EVANGELISTI
153. Cenas da Vida de Um Pai Solteiro,
     TONY PARSONS
154. Aquele Momento,
     ANDREA DE CARLO
155. Renascimento Privado,
     MARIA BELLONCI
156. A Morte de Uma Senhora,
     THERESA SCHEDEL
157. O Leopardo ao Sol,
     LAURA RESTREPO
158. Os Rapazes da Minha Vida,
     BEVERLY DONOFRIO
159. O Romance de Nostradamus – O Engano,
     VALERIO EVANGELISTI
160. Uma Mulher Desobediente,
     JANE HAMILTON
161. Duas Mulheres, Um Destino,
     MARIANNE FREDRIKSSON
162. Sem Lágrimas Nem Risos,
     JOANA MIRANDA
163. Uma Promessa de Amor,
     TIAGO REBELO
164. O Jovem da Porta ao Lado,
     JOSIE LLOYD & EMLYN REES
165. € 14,99 – A Outra Face da Moeda,
     FRÉDÉRIC BEIGBEDER
166. Precisa-se de Homem Nu,
     TINA GRUBE
167. O Príncipe Siddharta – Fuga do Palácio,
     PATRICIA CHENDI
168. O Romance de Nostradamus – O Abismo,
     VALERIO EVANGELISTI
169. O Citroën Que Escrevia Novelas Mexicanas,
     JOEL NETO
170. António Vieira – O Fogo e a Rosa,
     SEOMARA DA VEIGA FERREIRA
171. Jantar a Dois,
     MIKE GAYLE
172. Um Bom Partido – Volume I,
     VIKRAM SETH
173. Um Encontro Inesperado,
     RAMIRO MARQUES
174. Não Me Esquecerei de Ti,
     TONY PARSONS
175. O Príncipe Siddharta – As Quatro Verdades,
     PATRICIA CHENDI
176. O Claustro do Silêncio,
     LUÍS ROSA
177. Um Bom Partido – Volume II,
     VIKRAM SETH
178. As Confissões de Uma Adolescente,
     CAMILLA GIBB
179. Bons na Cama,
     JENNIFER WEINER
180. Spider,
     PATRICK McGRATH
181. O Príncipe Siddharta – O Sorriso do Buda,
     PATRICIA CHENDI
182. O Palácio das Lágrimas,
     ALEV LYTLE CROUTIER
183. Apenas Amigos,
     ROBYN SISMAN
184. O Fogo e o Vento,
     SUSANNA TAMARO
185. Henry & June,
     ANAÏS NIN
186. Um Bom Partido – Volume III,
     VIKRAM SETH
187. Um Olhar à Nossa Volta,
     ANTÓNIO ALÇADA BAPTISTA
188. O Sorriso das Estrelas,
     NICHOLAS SPARKS
189. O Espelho da Lua,
     JOANA MIRANDA
190. Quatro Amigas e Um Par de Calças,
     ANN BRASHARES
191. O Pianista,
     WLADYSLAW SZPILMAN
192. A Rosa de Alexandria,
     MARIA LUCÍLIA MELEIRO
193. Um Pai Muito Especial,
     JACQUELYN MITCHARD
194. A Filha do Curandeiro,
     AMY TAN
195. Começar de Novo,
     ANDREW MARK
196. A Casa das Velas,
     K. C. McKINNON
197. Últimas Notícias do Paraíso,
     CLARA SÁNCHEZ
198. O Coração do Tártaro,
     ROSA MONTERO
199. Um País para Lá do Azul do Céu,
     SUSANNA TAMARO
200. As Ligações Culinárias,
     ANDREAS STAÏKOS
201. De Mãos Dadas com a Perfeição,
     SOFIA BRAGANÇA BUCHHOLZ
202. O Vendedor de Histórias,
     JOSTEIN GAARDER
203. Diário de Uma Mãe,
     JAMES PATTERSON
204. Nação Prozac,
     ELIZABETH WURTZEL
205. Uma Questão de Confiança,
     TIAGO REBELO
206. Sem Destino,
     IMRE KERTÉSZ
207. Laços Que Perduram,
     NICHOLAS SPARKS
208. Um Verão Inesperado,
     KITTY ALDRIDGE
209. D'Acordo,
     MARIA JOÃO LEHNING
210. Um Casamento Feliz,
     ANDREW KLAVAN
211. A Viagem da Minha Vida – Pela Índia de Mochila às Costas,
     WILLIAM SUTCLIFFE
212. Gritos da Minha Dança,
     FERNANDA BOTELHO
213. O Último Homem Disponível,
     CINDY BLAKE
214. Solteira, Independente e Bem Acompanhada,
     LUCIANA LITTIZZETTO
215. O Estranho Caso do Cão Morto,
     MARK HADDON
216. O Segundo Verão das Quatro Amigas e Um Par de Calças,
     ANN BRASHARES
217. Não Sei como É Que Ela Consegue,
     ALLISON PEARSON

GRANDES NARRATIVAS

218. Marido e Mulher,
TONY PARSONS
219. Inês de Castro,
MARÍA PILAR QUERALT HIERRO
220. Não Me Olhes nos Olhos,
TINA GRUBE
221. O Mosteiro e a Coroa,
THERESA SCHEDEL
222. A Rapariga das Laranjas,
JOSTEIN GAARDER
223. A Recusa,
IMRE KERTÉSZ
224. A Alquimia do Amor,
NICHOLAS SPARKS
225. A Cor dos Dias – Memórias e Peregrinações,
ANTÓNIO ALÇADA BAPTISTA
226. A Esperança Reencontrada,
ANDREW MARK
227. Eu e as Mulheres da Minha Vida,
JOÃO TOMÁS BELO
228. O Golpe Milionário,
BRAD MELTZER
229. A Noiva Prometida,
BAPSI SIDHWA
230. Jack, o Estripador – Retrato de Um Assassino
PATRICIA CORNWELL
231. O Livreiro de Cabul,
ÅSNE SEIERSTAD
232. Ali e Nino – Uma História de Amor,
KURBAN SAID
233. A Rapariga de Pequim,
CHUN SHU
234. Não Se Escolhe Quem Se Ama,
JOANA MIRANDA
235. As Duas por Três,
CECÍLIA CALADO
236. Mulheres, Namorados, Maridos e Sogras,
LUCIANA LITTIZZETTO
237. Estranho Encontro,
BENJAMIN LEBERT
238. Pai ao Domingo,
CLAIRE CALMAN
239. Perdas e Ganhos,
LYA LUFT
240. Sete Casas,
ALEV LYTLE CROUTIER
241. A Noiva Obscura,
LAURA RESTREPO
242. Santo Desejo,
PEDRO ALÇADA BAPTISTA
243. Uma Mãe quase Perfeita,
PAOLA MASTROCOLA
244. Romance em Amesterdão,
TIAGO REBELO
245. Nem Só Mas Também,
AUGUSTO ABELAIRA
246. Ao Sabor do Vento,
RAMIRO MARQUES
247. A Agência n.º 1 de Mulheres Detectives,
ALEXANDER McCALL SMITH
248. Os Homens em Geral Agradam-me Muito,
VÉRONIQUE OVALDÉ
249. Os Jardins da Memória,
ORHAN PAMUK
250. Três Semanas com o Meu Irmão,
NICHOLAS SPARKS e MICAH SPARKS
251. Nunca É Tarde para Recomeçar,
CATHERINE DUNNE
252. A Cidade das Flores,
AUGUSTO ABELAIRA
253. Kaddish para Uma Criança Que não Vai Nascer,
IMRE KERTÉSZ
254. 101 Dias em Bagdad,
ÅSNE SEIERSTAD
255. Uma Família Diferente,
THERESA SCHEDEL
256. Depois de Tu Partires,
MAGGIE O'FARRELL
257. Homem em Fúria,
A. J. QUINNELL
258. Uma Segunda Oportunidade,
KRISTIN HANNAH
259. A Regra de Quatro,
IAN CALDWELL e DUSTIN THOMASON
260. As Lágrimas da Girafa,
ALEXANDER McCALL SMITH
261. Lucia, Lucia,
ADRIANA TRIGIANI
262. A Mulher do Viajante no Tempo,
AUDREY NIFFENEGGER
263. Abre o Teu Coração,
JAMES PATTERSON
264. Um Natal Que não Esquecemos,
JACQUELYN MITCHARD
265. Imprimatur – O Segredo do Papa,
FRANCESCO SORTI e RITA MONALDI
266. A Vida em Stereo,
PEDRO DE FREITAS BRANCO
267. O Terramoto de Lisboa e a Invenção do Mundo,
LUIS ROSA
268. Filhas Rebeldes,
MANJU KAPUR
269. Bolor,
AUGUSTO ABELAIRA
270. A Profecia da Curandeira,
HERMÁN HUARACHE MAMANI
271. O Códice Secreto,
LEV GROSSMAN
272. Olhando o Nosso Céu,
MARIA LUÍSA SOARES
273. Moralidade e Raparigas Bonitas,
ALEXANDER McCALL SMITH
274. Sem Nome,
HELDER MACEDO
275. Quimera,
VALERIO MASSIMO MANFREDI
276. Uma Outra Maneira de Ser,
ELIZABETH MOON
277. Encontro em Jerusalém,
TIAGO REBELO
278. Lucrécia e o Papa Alexandre VI,
JOHN FAUNCE
279. Mãe e Filha,
MARIANNE FREDRIKSSON
280. Os Segredos dos Conclaves,
ATTO MELANI
281. Contigo Esta Noite,
JOANA MIRANDA
282. Dante e os Crimes do Mosaico,
GIULIO LEONI
283. A Bela Angevina,
JOSÉ-AUGUSTO FRANÇA
284. O Segredo da Última Ceia,
JAVIER SIERRA
285. Está Uma Noite Quente de Verão,
ISABEL RAMOS
286. O Terceiro Verão das Quatro Amigas e Um Par de Calças,
ANN BRASHARES
287. Quem Ama Acredita,
NICHOLAS SPARKS
288. O Melhor Que Um Homem Pode Ter,
JOHN O'FARRELL
289. A Gata e a Fábula,
FERNANDA BOTELHO
290. Incertezas do Coração,
MAGGIE O'FARRELL
291. Crepúsculo Fatal,
NELSON DEMILLE
292. Como da Primeira Vez,
MIKE GAYLE
293. A Inconstância dos Teus Caprichos,
CRISTINA FLORA
294. A Year in the Merde – Um Ano em França,
STEPHEN CLARKE
295. A Última Legião
VALERIO MASSIMO MANFREDI
296. As Horas Nuas,
LYGIA FAGUNDES TELLES
297. O Ícone Sagrado,
NEIL OLSON
298. Na Sua Pele,
JENNIFER WEINER
299. O Mistério da Atlântida,
DAVID GIBBINS
300. O Amor Infinito de Pedro e Inês,
LUIS ROSA
301. Uma Rapariga Cheia de Sonhos,
STEVE MARTIN
302. As Meninas,
LYGIA FAGUNDES TELLES
303. Jesus e Maria Madalena,
MARIANNE FREDRIKSSON
304. És o Meu Segredo,
TIAGO REBELO
305. O Enigma Vivaldi,
PETER HARRIS
306. A Vingança de Uma Mulher de Meia-Idade,
ELIZABETH BUCHAN
307. Jogos de Vida e Morte,
BEN RICHARDS
308. A Mulher Que Viveu por Um Sonho,
MARIA ROSA CUTRUFELLI
309. Um Amor Irresistível – Gordon,
EDITH TEMPLETON
310. Paranóia,
JOSEPH FINDER
311. À Primeira Vista,
NICHOLAS SPARKS
312. Nas Asas de Um Anjo,
MIGUEL ÁVILA
313. Verão no Aquário,
LYGIA FAGUNDES TELLES
314. Scriptum – O Manuscrito Secreto,
RAYMOND KHOURY
315. José e os Outros – Almada e Pessoa, Romance dos Anos 20,
JOSÉ-AUGUSTO FRANÇA
316. O Espião de Deus,
JUAN GÓMEZ-JURADO
317. As Mulheres de Mozart,
STEPHANIE COWELL
318. O Espírito do Amor,
BEN SHERWOOD
319. O Segredo dos Beatles,
PEDRO DE FREITAS BRANCO
320. Sete Mulheres, Sete Histórias,
MERCEDES BALSEMÃO, VERA DESLANDES PINTO BASTO, VERA PINTO BASTO, MARIA JOÃO BORDALLO, TERESA AVILLEZ EREIRA, MARIA HELENA MAIA, MARIA TERESA SALEMA
321. Os Nossos Dias ao Ritmo do Rock,
MIKAEL NIEMI
322. A História Secreta de A Noiva Judia,
LUIGI GUARNIERI
323. Atracção Perigosa,
DOUGLAS KENNEDY
324. Em Nome do Amor,
MEG ROSOFF
325. O Leque Secreto,
LISA SEE
326. O Que Faz Bater o Coração dos Homens?,
LUCIANA LITTIZZETTO
327. Erasmus de Salónica,
ANTÓNIO PAISANA
328. Três Metros Acima do Céu,
FEDERICO MOCCIA
329. Assassinatos na Academia Brasileira de Letras,
JÔ SOARES
330. O Fabuloso Teatro do Gigante,
DAVID MACHADO
331. De Mãos Dadas com o Amor,
JAN GOLDSTEIN
332. A Outra Face do Amor,
CATHERINE DUNNE
333. Escuta a Minha Voz,
SUSANNA TAMARO
334. As Naves de Calígula,
MARIA GRAZIA SILIATO
335. Juntos ao Luar,
NICHOLAS SPARKS
336. A Vida Nova,
ORHAN PAMUK
337. A Chave Mestra,
AGUSTÍN SÁNCHEZ VIDAL
338. A Obra-Prima Desaparecida,
JONATHAN HARR
339. O Tempo dos Amores Perfeitos,
TIAGO REBELO
340. Imperium,
ROBERT HARRIS
341. Os Amantes e Outros Contos,
DAVID MOURÃO-FERREIRA
342. Amanhã Será Melhor,
FAÏZA GUÈNE
343. A Criança Que não Queria Falar,
TOREY HADEN
344. Bocage – A Vida Apaixonada de Um Genial Libertino,
LUÍS ROSA
345. Um Novo Sentido Para a Vida,
LOLLY WINSTON
346. O Elogio do Fracasso,
JOÃO TEIXEIRA FREIRE
347. Diário de Um Escândalo,
ZOË HELLER
348. A Medida do Mundo,
DANIEL KEHLMANN
349. Inês de Castro – A Estalagem dos Assombros,
SEOMARA DA VEIGA FERREIRA
350. Uma Vida em Mil Pedaços,
JAMES FREY
351. O Décimo Terceiro Conto,
DIANE SETTERFIELD
352. O Pescador de Girassóis,
ANTÓNIO SANTOS
353. O Manuscrito de Deus,
JUAN RAMÓN BIEDMA
354. A Mulher de Mármore,
JOANA MIRANDA
355. Os Cisnes de Leonardo,
KAREN ESSEX
356. Contos do Desaforo,
JOSÉ ANTÓNIO BARREIROS
357. O Diário Perdido de D. Juan,
DOUGLAS CARLTON ABRAMS
358. As Ruínas,
SCOTT SMITH
359. Zen e a Arte da Manutenção de Motocicletas,
ROBERT M. PIRSIG
360. A História de Dave,
DAVE PELZER
361. Os Bastidores da OPA,
MANUEL LEITÃO
362. Os Pilares da Terra – Volume I,
KEN FOLLETT
363. Memórias de Agripina,
SEOMARA DA VEIGA FERREIRA
364. A Menina Que Nunca Chorava,
TOREY HAYDEN
365. Tão Longe de Casa,
CURTIS SITTENFELD
366. Foi Assim Que Aconteceu,
TERESA FONT
367. A Estrela de Joana,
PAULO PEREIRA CRISTÓVÃO
368. Os Pilares da Terra – Volume II,
KEN FOLLETT
369. Fui Roubada aos Meus Pais,
CÉLINE GIRAUD
370. O Meu Nome É Vermelho,
ORHAN PAMUK
371. Um Pequeno Inconveniente,
MARK HADDON
372. Os Filhos do Afecto,
TOREY HAYDEN
373. Uma Escolha por Amor,
NICHOLAS SPARKS
374. Elizabeth – A Idade de Ouro,
TASHA ALEXANDER
375. O Sonho Mais Doce,
DORIS LESSING
376. O Homem Que Viveu Duas Vezes,
CARLOS MACHADO
377. Tenho 13 Anos, Fui Vendida,
PATRICIA McCORMICK
378. A Última Estação,
JAY PARINI
379. O Charme Discreto da Vida Conjugal,
DOUGLAS KENNEDY
380. Ricardo Coração de Leão,
JOSÉ-AUGUSTO FRANÇA
381. Cartas de Uma Mãe,
CATHERINE DUNNE
382. O Ouro dos Cruzados,
DAVID GIBBINS
383. O Lado Selvagem,
JON KRAKAUER
384. Uma Criança em Perigo,
TOREY HAYDEN
385. A Rapariga Que Roubava Livros,
MARKUS ZUSAK
386. Mil Sóis Resplandecentes,
KHALED HOSSEINI
387. Neve,
ORHAN PAMUK
388. A Estrela de Madeleine,
PAULO PEREIRA CRISTÓVÃO
389. O Último Ano em Luanda,
TIAGO REBELO
390. Um Companheiro Inesquecível,
SUSANNA TAMARO
391. Tropa de Elite,
LUIZ EDUARDO SOARES, ANDRÉ BATISTA, RODRIGO PIMENTEL
392. A Última Cartada,
BEN MEZRICH
393. A Fenda,
DORIS LESSING
394. Filhos do Abandono,
TOREY HAYDEN
395. Amo-te Filha! – O Caso Esmeralda,
PATRÍCIA SILVA
396. As Fogueiras da Inquisição,
ANA CRISTINA SILVA
397. A Ilha dos Amores Infinitos,
DAÍNA CHAVIANO
398. Ciranda de Pedra,
LYGIA FAGUNDES TELLES
399. O Menino Que Sonhava Chegar à Lua,
SALLY NICHOLLS
400. A Minha Vida com George,
JUDITH SUMMERS
401. Diário de Uma Dona de Casa Desesperada,
SUE KAUFMAN
402. O Quarto Verão das Quatro Amigas e Um Par de Calças,
ANN BRASHARES
403. Entre o Céu e a Montanha,
WILL NORTH
404. Infância Perdida,
CATHY GLASS
405. Geração Mil Euros,
ANTONIO INCORVAIA e ALESSANDRO RIMASSA
406. A Casa do Silêncio,
ORHAM PAMUK
407. As Avós – E Outras Histórias,
DORIS LESSING
408. Um Mundo Sem Fim – Volume I,
KEN FOLLETT
409. A Força dos Afectos,
TOREY HAYDEN
410. Um Mundo Sem Fim – Volume II,
KEN FOLLETT
411. Um Homem com Sorte,
NICHOLAS SPARKS